감사한

로도

님께

드림

시
읽는
엄마

시 읽는 엄마

엄마라는 무게 앞에
흔들릴 때마다
시가 내 마음을
위로해주었습니다

신현림 지음

놀

프롤로그

세상의 모든 엄마여,
그대의 삶이 바로 시다

책을 쓰면서 희미해진 시간들을 떠올릴 수 있어 고마웠다. 딸을 임신하고, 낳고, 이혼하고, 혼자 어린 딸을 키웠던 시간들을 떠올릴 수 있어 따스했다.

모든 걸 포기하고 싶을 만큼 힘들었지만, 딸이 곁에 있어 견디고 인내할 수 있었다. 그 위대한 사랑의 능력은 엄마가 되어보지 않으면 결코 알 수 없을지도 모른다.

그때를 떠올리려 눈을 감았다. 딸의 보들보들한 여린 살과 까만 눈빛은 내 힘든 생활을 가볍게 만들어주었다. 매일 함께 있는 시간이 짧았기에, 조금이라도 엄마의 체온을 전해주고 싶어 포대기에 딸을 업고 자전거를 탔던 나날들……. 그러다가 딸을 어린이집에 데려다주고 돌아오는 길에 교통사고를 당했다. 걷기도 힘들 때조차 병원에 입원하지 못했다. 엄마는 아파도 아플 수 없기 때문에. 딸을 맡아 키울 사람은 이 세상에 오직 나뿐이었기 때문에.

완치될 때까지 4개월간 고생했다. 그리고 이혼 후에 더 끔찍하고 험난했던 시간들이 10년 동안 이어졌다. 세상이 바뀌고, 내가 뒤처져 있음에 얼마나 많이 절망했던가. 그 아팠던 긴 시간들을 바람에 훌훌 흩날려버리지는 못하지만, 이제 더는 울지 않고 바라볼 수 있게 되었다.

젊은 날보다 더없이 넓어지는 마음은 딸을 키우며 얻어진 것일지도 모른다. 자식을 안은 사랑의 감촉으로, 나는 더 섬세하고 긍정적이 되었다. 긍정적인 생각 속에서만 보이는 해맑은 미래. 딸을 안고 딸의 미소를 보면 어떠한 슬픔도 식빵처럼 말랑말랑해지곤 했다.

우리 엄마가 나와 형제들을 키우며 느꼈을 슬픔과 기쁨, 괴로움을 똑같이 겪으며, 나는 엄마와 다시 이어졌다. 딸을 키우며 단 하루도 엄마 생각을 안 한 날이 없다. 그만큼 엄마가 절실히 그리웠다. '우리 엄마는 얼마나 외로웠을까?' 이런 생각을 할 때마다 가슴이 무너졌다.

사진전 준비로 경주를 계속 오가면서 '나와 엄마를 기억하는 사람은 나와 딸뿐이겠구나'라고 깨달았다. 절망하고 슬픔이 밀려왔다. 삶은 생각보다 길지 않다. 함께하는 시간도 유한하다. 나이가 들수록 이런 사실을 절절히 깨닫는다. 추억을 함께한 때만이 서로를 기억할 수 있다. 우리가 잘 살아가려면 제대로 사랑하는 법밖엔 없다. 더 많이 사랑하고 더 많이 추억을 쌓으려면, 혈육일지라도 관계를 단단히 재정립할 시간이 필요하다. 좋은 관계는 서로 배우면서 성장한다. 그럴 때 인생은 더 깊고 숭고해진다. 아름다운 일들이 펼쳐질 것 같은 예감 속에서, 어렵더라도 애정은 더 단단해진다.

엄마, 란 이름은
지금껏 가슴을 치고 나를 일으켜 세운다.
딸이 나를 엄마, 라고 부를 때도 똑같다.
그러면서 나는 나의 엄마를 떠올린다.

그 사랑의 매듭이 한 편의 시로써 더 단단해지고,
사랑스러운 바람으로 넘쳐날 수 있다는 것.

그것을 나는 이 책에서 보여주고 싶었다.

이 책에 실린 시들은 세계적인 고전 명시와 현세대의 세계 명시, 그리고 한국 대표 시인의 작품과 아직 잘 알려지지 않은 좋은 시인의 작품들로 이루어져 있다. 그래서 처음 본 시인도 많을 텐데, 시는 좋지만 이름을 알리지 못한 일부 소외된 창작자들에게 작은 기회를 열어드리고 싶었다. 이 세상에 존재하는, 그리고 존재했던 모든 엄마들의 땀과 눈물을 기억하고 싶듯이…….

시가 주는 울림을 최대한 살리면서, 어떻게 엄마라는 우주를 전해야 할지 참 고민이 많았다. 서로 고마워하는 세상, 엄마와 딸의 사랑, 시의 계곡물 소리가 독자들을 위로하고 각성하게 만들며 기쁘게 한다면 더없이 행복하겠다.

어떤 엄마들은 아이를 재능 있는 인재로 키우기 위해 1~2억씩 투자한다는 이야기를 들었다. 나는 딸에게 학원조차 보낸 적이 없다. 비교하면 가슴 아프고 미안해지지만, 자기 일에 열중하는 엄마의 꾸준한 모습에서도 딸은 배우는 게 있으리라 위안해본다. 남다른 신앙심으로, 특별한 자립심으로 딸은 스스로의 인생을 잘 헤쳐 나가고 있다. 앞으로 펼쳐질 딸의 미래 또한 그러리라 믿는다.

이런 믿음을 심어준 딸아,

엄마를 서윤이 엄마로 살게 해줘서 고마워.

하늘나라에 계신 우리 엄마,

단 하루도 엄마 생각 안 한 날이 없어요.

이산가족 2세인 나, 그리고 우리 가족을 대표해

이산가족 찾기의 기회가 제게 오면 기쁘겠어요.

사랑하는 나의 엄마, 김정숙 씨의 딸로서

엄마의 가족을, 그리고 나의 가족을 꼭 찾아볼게요.

매일 흔들리지만, 가장 행복한 순간을 살고 있는 이 세상 모든 엄마와 딸들에게 이 책을 바칩니다.

2018년 5월

엄마의 하늘가에 사과꽃 흰 빛 가득 뿌리며

신현림

차례

1

딸아, 너와 닮으면 희망이 보여

2

가끔은 엄마도 위로가 필요해

3

엄마, 곁에 계실 때 더 잘해드릴걸

아이를 사랑하는 일은 일종의 순환, 상승 작용이다.

사랑을 줄수록 더 많은 사랑이 돌아오고,

사랑을 받을수록 더 많은 사랑을 주고 싶어지기 때문에.

딸아,
너와 닿으면
희망이 보여

봄이 오는 쪽으로

실내악

안현미

봄이 오는 쪽으로 빨래를 널어둔다
살림, 이라는 말을 풍선껌처럼 불어본다
옛날에 나는 까만 겨울이었지
산동네에서 살던, 고아는 아니었지만 고아 같았던
실패하고 얼어 죽기엔 충분한
그런 무서운 말들도 봄이 오는 쪽으로 널어둔다
음악이 흐른다 빨래가 마른다
옛날에 옛날에 나는 엄마를 쪽쪽 빨아먹었지
미모사 향기가 나던 연두, 라는 말을 아끼던
가볍고 환해지기엔 충분한
살림, 이라는 말을 빨고 빨고 또 빨아
봄이 오는 쪽으로 널어두던

봄바람을 따라 벚꽃 잎이 하늘하늘 떨어졌다. 늘 보는 하늘이고 나무이고 구름이건만, 꽃이 있는 풍경은 또 다르게 느껴진다. 사시사철 새롭게 자신을 변화시켜가는 나무와 풀을 보며, 삶은 매번 다시 태어나는 시간들임을 깨닫는다.

그렇다. 삶은 부단한 자기 갱신의 나날인 것이다.

내 생애 최고의 봄날이라고 생각했던 그때,
적지 않은 나이에 나는 임신을 했다.
그리고 그 시간들을 향해
내 팔은 점점 길어지고 있다.

사실 그 당시에는 워낙 오랜 시간 독신 생활을 이어오다 보니, 출산과 아기 키우기가 나와는 완전히 무관한 세상이라고 여겼다. 아니, 일부러 외면했다고나 할까. 그보다 '이 험한 세상에 아이를 낳아서 뭣하나' 하는 비관적인 생각이 더 많았다. 빛나는 희망보다 어두운 그림자가 더 짙은 세상에서, 아이를 낳는 일이 오히려 그 아이에게 죄짓는 일이라 여기기도 했다. 처치 곤란한 쓰레기며, 부족한 물이며, 환경 파괴에 부익부 빈익빈 현상까지……. 이 모든 걸 아이가 감당케 하고 싶지 않았다.

임신을 생각하지 않아 생리 주기조차 몰랐다. 신경 쓰지 않을 만큼 아이 낳을 계획이 없었다. 그러던 2000년 여름, 나는 덜컥 임신을 하고 말았다.

초음파 화면에서 본
엄지손가락보다 작은 아이의 흔적.
그 핏덩이에서 아기의 하얀 숨결이 전해왔다.
도저히 아이를 지울 수 없었다.
하늘의 뜻이라 여기고
세상에서 가장 사랑하게 될
딸을 낳기로 결심했다.

내 나이 마흔에 낳을 아이. 고령 임신으로 인한 설렘과 두려움……. 이런 혼란스러운 감정의 소용돌이 속에서 말로만 듣던 입덧이 시작됐다.

그렇게나 좋아했던 블루 톤을 볼 때면 구역질이 났다. 집에 있는 가구와 흰빛의 페인팅, 향수 냄새까지 전부 멀리하고 싶었다. 심지어 그땐 향수 뿌린 미녀도 추녀로 보이는 기현상이 나타났다.

특히 조미료 넣은 음식은 아예 입에도 대지 못했다. 그러다 보니 하루에 두 끼를 먹더라도 스스로 담백한 음식을 만들어 먹었다. 원목가구를 보면 한없이 평화로운 마음이 들었다. 인위적이고 인공적인 것들에 대한 거부감은 배 속의 아기가 싫어하는 것이므로 대부분 피했다. 그런데 희한한 건 아기를 낳고 이런 현상이 말끔히 사라졌다는 것이다.

입덧이 조금 잦아들었던 임신 5개월 즈음, 아기가 딸인지 아들인지 내심 너무 궁금했던 모양이다. 어느 날 꿈속에서 치마를 입은 아기가 피 한 방울 흘리지 않고 내 뱃가죽을 뚫고 나오더니, 뚜벅뚜벅 걸어 다녔다. 살을 뚫고 나온 아기가 걸어 다닌다니, 게다가 치마 입은 아기라니. 그만큼 아기가 태어난다는 사실이 놀랍고 경이롭게 느껴졌나 보다. 이후로도 수많은 입덧이 나를 괴롭혔지만, 그럼에도 부른 배를 붙잡고 아기가 8개월이 지날 때까지 멀리 지리산도 오르고 박물관 기행도 다니며 잘 견뎌냈다. 한 생명의 탄생에 대한 희열이 앞섰기에 뭐든 견딜 수 있었다.

임신했을 때 무엇보다도 나를 괴롭힌 건 불면증이었다. 그 고통을 나도 참아내고 아이도 견뎌낸 건 인생의 신비가 아닐 수 없다. 지나고 나면 어떤 고통이든 다 견딜 만했다고 느껴진다. 때론 의지로써 이겨내야 할 고통이 있다. 아기가 태동을 하지 않아 불안했던 임신 6개월 즈음의 어느 날도 기억난다.

"네 존재를 표현해봐."

이렇게 아기에게 말하며
두 손으로 배를 쓸어내렸다.

그러면 신기하게도 아기는 발을 움직인다든가,
한 바퀴 원을 그리며 배 속을 돌았다.
마치 댄서처럼, 돌고래처럼.

그뿐만이 아니었다. 도서관에 홀로 앉아 있을 때 들은 아기의 작은 딸꾹질 소리. 그 장엄한 자기 존재의 표현에 대해 이야기하면, 가족들과 친구들은 하나같이 기뻐해주었다. 그런데 딱 한 사람, 담당 의사만 별 대수로울 것 없다는 듯이 말했다.

"원래 엄마 배 속에서 트림도 하고 딸꾹질도 합니다"라는 말씀.

대수롭지 않은 그 말에도 또 한 번 감탄하고 말았다. 배 속의 아기가 전해오는 달콤한 향기가 내 몸과 영혼에 퍼짐을 느꼈다. 그 무렵 도서관에서 「달콤한 육체」라는 시를 쓰며 아기가 가져다주는 기적을 기록하기도 했다.

너로 인해 나이 먹는 게 두렵지 않아
너로 인해 몸 가득 충전된 에너지를 느껴
너로 인해 믿을 수 없는 내일을 믿으며

(중략)

도서관에 앉으면 유난히 배 속을 울린
네 딸꾹질 소리 딸꾹딸꾹
뻐꾸기 소리처럼 뻐꾹뻐꾹
네 존재를 느끼며 다닌 곳곳마다 빛이 출렁였다

임신 7개월이 되었을 무렵에는 초음파 사진을 보며 처음 아기의 얼굴을 마주했다. 넓고 둥근 이마, 갸름한 얼굴, 귀여운 코까지……. 이미 사람의 형상을 지닌 모습이 경이로워 쾌재를 불렀다.

이후 아기가 딸이란 걸 느끼고는 내 인생의 해안에 멋진 파도가 넘실대며 춤추었다. 같은 여성으로서 동병상련을 느끼고 친구가 될 수 있다는, 그런 즐거움과 기대감으로 내 가슴은 애드벌룬처럼 부풀어갔다.

삶은 정해진 것이 아무것도 없다.
생물체처럼 꿈틀꿈틀 움직이고 있다.

삶은 자기 노력 여하에 따라 아주 좋은 쪽으로 흘러갈 수 있기에 스스로 한계를 짓지 말아야 한다. 한계 짓지 않는 사랑 쪽으로, 봄 쪽으로, 햇살 쪽으로 그림자가 몸보다 길게 늘어나고 있다.

언어를 자유롭고 힘 있게 다룰 줄 아는, 많지 않은 여성 시인 중 한 명인 안현미 시인의 시 속에서도 봄을 기다리는 마음이 간절하다. 시인은 봄이 오는 쪽으로 무서운 말들까지 널어두고자 했다. 늘 초심을 잃지 않으려는 시인의 자세가 믿음직스럽다.

내 딸을 임신했을 때처럼
모든 것이 신비롭고 경이로웠던
그때를 떠올리며,

진정 고아는 아니어도
저마다 고아의 삶을 사는 건 아닌지,
이것이 왜 그런지 물으면서
봄 쪽으로 자꾸만 팔이 길어지고 있다.

생의 모든 황홀한 순간들

인생

샬럿 브론테

인생은 사람들 말처럼
어둡기만 한 것은 아니랍니다
아침에 내린 비는
화창한 오후를 선물하지요
때론 어두운 구름이 끼지만
모두 금방 지나간답니다
소나기가 와서 장미가 핀다면
소나기 내리는 것을 슬퍼할 이유가 없지요

인생의 즐거운 순간은 그리 길지 않습니다
고마운 마음으로 그 시간을 즐기세요

가끔 죽음이 끼어들어
제일 좋은 이를 데려간다 한들 어때요
슬픔이 승리하여
희망을 짓누르는 것 같으면 또 어때요

희망은 금빛 날개를 가지고 있답니다
그 금빛 날개는 어느 순간에도
우리가 잘 버티도록 도와주지요

씩씩하게, 그리고 두려움 없이
힘든 날들을 견뎌내세요
영광스러운 승리처럼
용기는 절망을 이겨낼 수 있답니다

되돌아보면, 사람들로 북적이던 시간들이 추억으로 강렬하게 남아 있다. 딸을 키우며 잊지 못한 귀한 날들 중에 돌잔치 날을 빼놓을 수 없다. 샬럿 브론테의 시처럼.

'인생의 즐거운 순간은 그리 길지 않습니다.
고마운 마음으로 그 시간을 즐기세요.'

이런 말이 가장 어울리는 날이기도 하고, 또 살면서 인생을 기념하는 잔칫날이 손에 꼽을 만큼 많지 않기 때문이다.

사실 아이가 성인이 되기까지, 돌날이 아니고서는 그렇게 많은 사람들이 모이기가 쉽지 않다. 나는 그날의 기억을 세세하게 글로 남겨두었다. 옴니버스 형식의 단편 영화처럼. 사진만 찍고 글로 남기지 않았더라면 지금껏 기억도 나지 않을 것이다. 물론 그때 찍은 몇 장의 사진들은 훗날 딸의 결혼식장에서 커다란 화면에 띄워지겠지. 그렇게 앞으로 다가올 잔치들을 궁금해하며 딸의 어린 시절로 마음을 흘려보냈다.

딸의 돌 기념사진은 잔칫날 일주일 전에 찍었다. 아기 한복도 한 번 입고 말 거라서 사지 않고 빌렸다. 선교 활동을 하던 여동생으로부터 아기를 위한 많은 물품들이 어렵지 않게 내 손에 들어왔다. 그럴 때마다 동생의 신앙심과 돈독한 인간관계에 놀라며 감사한 마음이 들었다.

"치~즈! 웃어요. 찰칵!"

내 딸 서윤이가 좋아하는 소리를 내며,
한 살 된 딸이
사진 속에서 영원히 남았다.

요즘 사람들은 백만 원이 넘는 뷔페 정식으로 돌잔치를 치르나 보다. 여력이 되면 풍성히 차리는 것도 인생의 즐거움이겠지. 한 친구는 호텔에서 돌잔치를 치르고 가족들과 함께 그 호텔에서 하룻밤을 묵으며 정담을 나눴다는데, 나는 그렇게 투자할 경비도 없었고 당시 내 상황에 어울리지 도 않았다. 다 자기 상황에 맞게 일을 치르는 것이 자신만의 균형 감각일 테지. 남들은 돌잔치를 어떻게 하나 궁금해서 알아보다가, 한 글쟁이 후배로부터 재미있는 이야기를 들었다.

"돌잔치? 우린 식구들 불러서
자장면 한 그릇씩 돌려 먹었는데……."

좀 당황스러웠던 나는 후배에게 다시 물었다.

"정말?"
"뭐 어때. 사진관에서 돌 사진 박고 그냥 간단히 했어."

이 이야기를 듣고 나도 어느 정도 영향을 받았던 것 같다. 여건이 안 되면 안 될수록 인생은 심플해진다. 피로감도 줄어들고. 행복은 형식에 있는 것이 아니라, 기뻐하고 감사하는 마음속에 있음을 되새기면서.

바쁘게 일하며 살다 보니 나에게 닥친 일들을 집중해서 해치우는 이력이 생겼다. 돌잔치도 하루 전날 갑자기 생각

난 것을 네 시간 전부터 준비해나갔다. 동네 문구점에서 푸른색 색지와 하드보드지를 사고, 그동안 연재했던 책을 확대 복사해 전시하고, 돌 기념사진을 나름대로 배열해 상을 꾸며보았다.

충분하진 않지만
조촐하고 따뜻한 잔치이길 꿈꾸면서.

돌잔치는 우연히 딸의 음력 생일에 맞춰 치르게 되었다. '우렁촌'이라는 식당으로 가족과 지인들이 모였다. 창밖에 밭이 넓게 펼쳐져 있는 한가로운 분위기였다. 붉고 보드라운 흙을 뚫고 자란 보리들이 바람에 나부꼈다.

우렁을 넣어 보글보글 끓인 두부된장찌개, 우렁과 소면을 비벼 먹는 무침 등을 중심으로 음식이 나왔다. 소담하게 담긴 다른 반찬들도 잔치의 따뜻함을 더했다.

초대 손님은 스물다섯 명 정도였다. 그리고 선교 활동을 하는 여동생과 제부의 교회 형제들이 찬조 출연하여 기타를 치며 축복의 노래를 불러주었다. 노래를 부른 청년 중 두 명은 나에게 문예창작 강의를 받던 제자였다.

'당신은 사랑받기 위해 태어난 사람.
당신의 삶 속에서 그 사랑받고 있지요.'

조용히 울려 퍼지는 축복의 노래는 주변을 숙연하게 만들 만큼 감동적이었다. '사랑'이라는 단어가 벨벳 옷감처럼 피부로 와 닿는 듯했고, 실로 우주의 정기로 가득한 부드러움이 있었다. 세상 사는 게 이렇게 정을 나누며 살아가는 거구나, 싶어 고마웠다. 더불어 잔치를 빙자해 오랜만에 지인들 얼굴 한 번 더 보자는 의미도 곁들인 것이겠지.

중국에서는 돌잔치를 할 때 아기 앞에다가 먹물과 붓, 꽃, 쌀, 바늘 같은 일상용품들을 늘어놓는다. 아기가 어느 것을 고르느냐에 따라 그 아이의 미래 직업을 점쳤다. 그리고 그날부터 아기는 새로운 음식물을 먹을 수 있다. 이런 중국의 풍습처럼 우리나라에서도 아기 앞에다 실 꾸러미, 연필, 돈 등을 놓고 아기의 손이 먼저 닿는 것에 따라 성향이나 미래를 점친다. 그러나 나는 이런 형식의 행사는 생략했다. 막상 잔치 때 아이는 잠이 들 정도로 많이 피곤해했다. 새근새근 잠든 얼굴을 쓰다듬으며 '내가 낳은 딸이 이렇게 컸다니……' 뇌까리면서 대견해했다. 곁에 항상 있어 줄 친구로서 우리는 서로가 가슴속 깊이 들어가 살겠지, 라고 생각하니 뭔가 힘찬 기운에 휩싸였다.

잔치를 끝내고 밖에 나오니 저녁의 어둠이 우리 주위를 적셨다. 가로등 불빛으로 길이 드러나고 젊은 후배들과 남동생, 지인들까지 일곱 명이 그 길을 따라 재즈 바까지 걸어갔다. 한동안 나를 그곳으로 이끌게 한 음악과 칵테일, 바의 아늑한 분위기가 우리 모두를 푸근하게 만들었다.

어떤 아기 엄마는 돌잔치가 끝나고 난 뒤 춤추는 어른들의 놀이터로 가서 "애 돌잔치는 애 키우느라 고생한 엄마들의 잔치지"라며 실컷 놀았다고 한다. 어쨌든 아무래도 상관없을 듯 싶다.

바의 분위기에 취해 그동안 나도 애 키우느라 담이 들었던 어깨의 통증을 잊어갔다.

총 경비가 30만 원 정도 든 아이의 돌잔치.
참 알뜰하고 알찬 잔치였다.
물론 딸 키우는 내내 쓴 돈은
무엇으로도 따질 수 없다.
사랑은 셀 수 없는 것이므로.

너만큼
멋진 선물은
없어

내 젊음의 초상

헤르만 헤세

지금은 벌써 전설이 된 먼 과거로부터
내 젊음의 초상이 나를 바라보며 묻는다
지난날 태양의 밝음에서부터
무엇이 반짝이고 무엇이 불타고 있는가를

그때 내 앞에 비추어진 길은
나에게 많은 번민의 밤과
커다란 변화를 가져왔다
나는 그 길을 이제 두 번 다시 걷고 싶지 않다

그러나 나는 나의 길을 성실하게 걸어왔고
그 추억은 보배로운 것이었다
실패도 과오도 많았다
하지만 나는 그것을 후회하지 않는다

밖이 고요하다.

창밖 지붕 위로 별들이 박혀 밤의 아름다움을 마음껏 드러내고 있다. 조용히 재즈 음악을 틀어놓고 딸과 함께했던 추억의 기록들을 꺼내어 보고 있다. 정신없이 달려온 하루의 끝에서 이 글들을 읽으며, 나는 딸의 어린 날을 떠올렸다. 향기롭고 보송보송한 딸의 어여쁜 네 살 때를.

그날 밤, 12시가 넘었는데도 아이는 비디오를 보고 있었다. 나는 키보드를 두드리며 마감해야 할 원고를 고치는 데 여념이 없었다. 내가 일을 마쳐야 아이도 잠이 들었기에 아이를 일찍 재우려는 노력은 애초에 포기한 지 오래였다. 그냥 자유롭고 편안하게, 흘러가는 대로 시간을 내버려둘 수밖에 없었다.

바람을 따라 방 안까지 밀려온 어둠은 꽤나 깊고 적막해서, 금세 새벽이 오면 어쩌나 걱정이 들었다. 조급해진 나는 딸아이의 끈끈한 팔을 씻기고 비디오도 형광등도 전부 껐다. 나란히 누워 함께 기도도 했다. 감기에 걸릴 새라 가슴팍까지 이불을 덮어주고는 아이의 맑고 까만 눈동자를 바라보며 이렇게 물었다.

"이제 엄마 나가서 일해도 되지?"
"응."

"그래, 고마워.
엄마가 열심히 일해야
우리 서윤이 우유도 사고,
예쁜 옷도 사고,
같이 동물원도 놀러가지."

말없이 고개를 끄덕이는 아이.

한국 나이로 갓 네 살에 불과했지만, 내가 일을 해야 우리 두 사람이 먹고산다는 사실을 아는 것만 같았다. 그래서일까? 이제는 굳이 딸을 재우기 위해 한 시간씩 뜬눈으로 기다리지 않아도 됐다. 자기를 떼어놓고 일하러 간다며 울고 보채지도 않았다. 싱글맘의 삶은 늘 아프고 고달팠다. 그러나 고단한 몸에도 에너지가 충만했던 건 내 딸이 내 곁에 있어서였다.

어둠 속에서 큰 눈망울을 굴리며 웃는 모습이 보였다. 매화꽃처럼 엷고 희미한 분홍빛 얼굴. 환히 빛나는 그 실루엣이 참 사랑스러웠다. 그리고 크게 숨을 들이마셨다. 일하는 엄마의 마음을 알아주다니 가슴이 에이듯 얼마나 예쁘고 고마운지…….

그때 딸이 내게 물었다. "문 닫을까?" 하고.
내 입가는 씩 웃으며 말했다.

"아니, 책상까지 서윤이라는 꽃향기가 흘러와야
엄마는 기쁠 것 같아."

내 딸의 향기가

책상에서 폴폴 나야

엄마인 나도 힘이 솟는다.

가끔 딸은 나에게 야단을 맞고 울다가도 이렇게 물었다.

"엄마, 나 예뻐?"

"그럼, 얼마나 예쁜데. 엄마는 누구를 제일 사랑한다고 했지?"

"엄마는 서윤이 제일 사랑해."

무슨 말을 해야 사랑받는지 아는 애 같아 신기했다.

사실 애를 키우다 보면 내 딸만 예쁜 게 아니다.

세상 모든 아이들은 하나같이 다 예쁘다.

주간에는 사립 어린이집, 야간에는 시립 어린이집 두 군데를 다녔지만 어린애처럼 투정 부리는 일도 없었다. 엄마가 꼭 일하러 가야 하나 보다, 하고 여기는 것 같았다. 원장 선생님이 어린이집에서 누가 제일 예쁘냐고 물으시면, 선생님들은 모두 내 딸이라고 했다. 상황이 어려우면 되레 아이가 부모를 돕는다는 말이 있는데, 꼭 맞는 것 같았다. 어쩌다 걸리는 감기와 기관지염 외에는 자라면서 아토피도 큰 병치레도 없이 건강히 잘 자라주었다.

딸아이는 유독 책 읽기를 좋아했다. 그래서 한글을 네 살 때부터 가르쳤다. 나는 오랫동안 글짓기 선생으로 생계를 연명했는데, 다른 건 몰라도 딸 교육만큼은 아쉬움이 조금 남아 있다. 다른 아이들에게는 창조적으로 글 쓰는 법을 가르쳐서 제자 중 한 명은 프랑스 파리 제8대학교에서 석사 과정을 밟았고, 조카는 벨기에 왕립학교에서 의상학과 그림을 전공하기도 했다. 그 둘은 내 교육법에 큰 영향을 받았다고 하니 흐뭇하기만 하다. 딸에게도 똑같이 가르쳤다면 좋았으련만, 딸을 가르칠 여유가 생겼을 때에는 이미 엄마 말을 안 듣는 사춘기가 되어버린 후였다. 물론 초등학교 고학년일 땐 엄마 말도 잘 듣고 글도 제법 잘 썼지만, 지금은 일기조차 볼 수 없으니 웃어야 할지 울어야 할지.

그래서 헤르만 헤세의 시 「내 젊음의 초상」 속 마지막 구절을 읽을 때면 나도 모르게 멈칫하게 된다. 내 마음도 이와 같으면 좋겠지만, 아직은 후회하고 있는 일들이 더러 있기 때문이다. 갑자기 창피해진다. 웃음도 나오고.

실패도 과오도 많았다.
하지만 나는 그것을 후회하지 않는다.

엄마는 너를 업고 자전거를 탄단다

신현림

올해 장미꽃이 몇 번 피었는지 아니?
이상기온으로 네 번 피고 졌단다
이상기온으로 태풍이 불어도 두렵지 않단다
우리 아가와 폭탄의 차이는
가슴에 품고 싶다와 품기 싫다는 거지만
전쟁이나 대구 방화 참사처럼 사람이 만든 재앙은
어미가 막을 순 없지만
네가 그린 코끼리를 하늘로 띄울 수 있고
어미의 눈물로 한 사발 밥을 만들 수 있고
어미의 배터리가 다 될 때까지
희망의 폭동을 일으킬 수 있지
고향 저수지를 보면 나는 멋진 쏘가리가 되고
너를 자꾸 보면 섬이 된단다
너라는 근사한 바다를 헤엄치는 섬

포대기를 두르고 한 몸이 되어
자전거를 타면 어디든 갈 것 같지
내 몸속에 번진 너의 체온
향기가 퍼지는 구름같이
모든 것의 시작을 뜻하지
너와 있으면 뭐든 바꿀 수 있고
맨날 어미는 다시 태어난단다

어린이집에 아이를 픽업하러 갔다가 원장 선생님께 아주 기쁜 이야기와 아주 슬픈 이야기를 들었다.

"이 똘똘한 것이 얼마나 예쁜 짓을 많이 하는데요.
놀이방에 있는 애들이 다 낮잠을 자고 있는데,
혼자 책상에 앉아 있지 않겠어요.
뭘 하나 들여다봤더니 책을 보고 있더라고요.
엄마가 글 쓰느라
매일 책상에 앉아 있는 모습을 봐서 그런가,
얼마나 기특한지 몰라.
자고 일어나도 울지도 않고 인사도 제일 잘하고.

엄마가 이 예쁜 짓을 못 봐
억울해서 어째."

약 올리는 것 같은 농담 섞인 말도 감사할 뿐이었다. 그러면서 "이 예쁜 짓을 못 봐 억울해서 어째"라는 말이 가시처럼 목에 걸린 듯 아파왔다.

'언제 이렇게 자란 걸까. 작업하는 방에 와서 비키라며 내 의자에 앉아 컴퓨터를 두드리더니.'

바람에 물결치는 보리 이삭처럼 내 딸이 한없이 사랑스러웠다. 매일 함께 보내는 시간이라고는 씻기고 밥 먹이고 잠들 때 같이 있어준 것 외엔 별로 없는데, 엄마가 하는 일을 그대로 따라 한다는 사실이 신통하기도 하고 나를 참 숙연하게 만들었다.

또 하나의 이야기는 나를 슬프게 했다.

서윤이는 같은 어린이집에 다니는 한 아이의 어머니를 보고 "엄마!"라고 부르며 함께 따라가겠다고 울고, 그 친구도 자기 엄마라며 서로 난리를 쳤다는 이야기였다. 그 어머니의 키와 옷차림이 대충 나와 비슷하다고는 하나, 결국 아이를 혼란스럽게 만든 건 내 책임이라는 생각에 자괴감이 들어 한없이 슬펐다.

살림과 밥벌이로 바쁘게 뛰다 보면 도서관에서도 보통 두세 시간밖에 못 앉아 있는 형편이었다. 서두른다고 해도 다른 아이들보다 한 시간이나 더 지나서 딸을 데리러 갔다. 겨울이라서 다른 부모님들은 평소보다 더 일찍 아이를 데려가나 보다. 어린이집 선생님은 나를 올려다보며 이렇게 말했다.

"어머님, 다른 때보다 30분 먼저 데려가실 순 없나요?
애들 다 가고 나면 서윤이 혼자 남아서 우는 게
영 안쓰러워서요……."

아이를 데리고 집으로 돌아오는 길,
가슴이 먹먹했다.

저녁때가 되면 애처롭게 우는 아이의 모습이 어른거려 괴로울 때가 많았다. 그래도 도서관에서 악착같이 일을 해야 어느 정도 먹고살 형편이 되는데, 나더러 대체 어쩌란 말인가. 나는 앞으로 어떻게 해야 하는가.

매일 저녁이면 마음속에서
이런 갈등과의 싸움이 일어났다.

그뿐 아니라 가슴 한 켠엔 내 작업에 대한 안타까움도 들었다. 아이는 숨을 쉬게 해주는 만큼 내게 귀한 존재이지만, 생계부터 육아까지 1인 5역을 맡다 보니 시 쓰기 힘든 환경이 속상해 울음이 터졌다. 하지만 이 고단하고 다양한 경험을 시로 승화시킬 꿈을 키워야지 어쩌겠나.

그러다가 조금이라도 딸을 가슴에 품고 엄마의 온기를 물들여주고파 생각한 것이, 아이를 업고 포대기를 두른 채 자전거를 타는 일이었다. 처음에는 몹시 겁이 났지만, 점점 마음의 평화를 찾으며 가까운 시장과 놀이방을 이렇게 태우고 다녔다. 애도 신기해하고, 엄마의 온기를 따사롭게 안으며 환호성을 지르기도 했다. 그럴 때 내 마음 역시 푸근해졌다. 물론 나중엔 목 디스크로 고생을 하고 지금껏 함께 사는 병이 되었지만, 그때 느꼈던 푸근한 사랑의 감정은 지금 이 순간 보람으로 남아 있다.

포대기를 두르고 한 몸이 된다는 것.

몸속에 딸의 체온을 느끼며

혼자가 아니라는 가슴 뭉클한 기쁨을 누리는 것.

이것이 인생 모든 것의 시작이다.

매일 다시 태어나 시작한다는 기쁨은 온전히 딸아이를 통해 느끼는 마음이다. 어차피 엄마로 산다는 게 힘들다는 거 잘 안다. 아이를 통해 배우는 놀라운 사랑의 능력, 그것이 내 몸과 감각에 따뜻한 안개처럼 젖어든다.

어디서든
외로워 마
함께 있으니

비로소

이서화

비로소 보이는 것들이라는
글귀를 읽을 때마다
반드시 도달해야 할 어떤 곳이 있을 것 같다
그 비로소는 어떤 곳이며 어느 정도의 거리인가
비로소까지 도달하려면
어떤 일과 어떤 현상, 말미암을 지나고
또 오랜 기다림 끝에 도착할 것인가
팽팽하게 당겨졌던 고무줄이
저의 한계를 놓아버린 그곳
싱거운 개울이 기어이 만나고 만
짠물의 그 어리둥절한 곳일까
비로소는 지도도 없고
물어물어 갈 수도 없는 그런 방향 같은 것일까
우리는 흘러가는 중이어서
알고 보면 모두 비로소,

그곳 비로소에 이미 와 있거나
무심히 지나쳤던 봄꽃,
그 봄꽃이 자라 한 알의 사과 속 벌레가 되고
풀숲에 버린 한 알의 사과는 아니었을까
비로소 사람을 거치거나
사람을 잃거나 했던
그 비로소를 만날 때마다
들었던
아득함의 위안을
또 떠올리는 것이다

고개를 들어 먼 곳을 바라보면 몸과 마음이 고요하고 차분해진다. 꿈꾸던 사랑도 잔잔한 물결이 되고, 가슴속 깊은 우물도 보이고, 한없이 스스로가 낮아지기도 한다. 그 낮아지는 겸허한 가슴 안에 풍요로움이 깃든다. 풍요로움 속에서 헤매고, 떠나고, 묻고, 비워낸다. 그렇게 가슴은 자꾸만 넓어진다.

며칠 전부터 피로가 쌓여 몸이 아팠다. 지친 몸을 이끌고 나 자신에게 용기를 불어넣었다.

'아프면 안 돼.
애도 키워야 하고 살아내야 해.
꿈을 잃지 말자.
나를 하얀 솜 같은 행복으로 데려다줄 꿈을…….'

이렇게 속으로 외치며 다시 기운을 냈다. 그러고선 옆에 있는 딸을 꼭 껴안았다. 이렇게 껴안을 땐 서로 부드러운 스펀지가 되어 각자가 가진 염려와 슬픔을 빨아들인다.

딸과 내가 껴안는다는 건 '엄마는 네 속에 있을 테니, 언제 어디서든 두려워하지 마'라는 의미이기도 하다. 어쩌면 연인과의 껴안음도 이와 비슷한 뜻일 것이다.

"나는 네 안에 있어.
언제 어디서든 외로워하지 마."

이런 껴안음을 상상하는 것만으로도
몸과 마음이 따스해질 수 있다.

내 곁에 누군가 함께 있다는 기쁨은 돈으로도 셀 수 없을 만큼 애틋하다. 그 애틋함을 담담하게 풀어낸 이야기가 떠오른다. 마음을 울리는 그 이야기는 사람이 결코 혼자서는 살 수 없는 존재임을 말하고 있다.

신부님이 자신의 방 책상에 앉아 일을 하고 있었다. 그때 마침 한 소년이 문 앞에서 방에 들어가도 되는지를 물었다. 조금 무뚝뚝한 사제는 바쁘다며 퉁명스럽게 안 된다고 말했다. 하지만 소년은 사제에게 다시 말했다.

"귀찮게 굴지 않을게요."

고집을 부리며 방으로 들어가겠다는 소년의 말에 마음이 약해진 신부님은 이렇게 대답했다.

"들어오렴. 대신 내 일을 방해해선 안 돼."

소년은 신부님의 방에 들어가 한 시간 정도 그냥 조용히 앉아 있었다. 그러다가 기대고 있던 침대에서 일어나 신부님에게 말했다.

"자러 가야겠습니다. 안녕히 주무세요."

소년은 무려 1년 가까이 사제의 방에 찾아가 그렇게 조용히 머물다 돌아가곤 했다.

사제는 가끔씩 책을 보라며 건네주기도 했으나, 소년은 괜찮다며 한사코 사양했다. 사제는 깨달았다.

소년은 단지
자신과 함께 있고 싶어 했음을.
그저 그뿐이었다.
그것이 소년에게
평온과 기쁨을 가져다준 것이었다.

이 이야기를 어디선가 읽은 이후, 그 여운이 아직까지 남아 있다. 사람은 그저 누군가가 옆에 있어주기만 해도 살아갈 수 있는 존재임을 느낀다. 나 또한 내 딸이 옆에 없다는 게 상상도 되지 못할 만큼, 딸의 존재 그 자체로부터 살아갈 용기와 희망을 얻는다.

행복은 누군가와 나눌 때 배가된다.
어쩌면 바라는 거 없이 같이 있기만 해도
행복이라는 빛이 퍼져간다.

누군가 혼자 앉아 있을 때 “이리로 와 같이 있어요”라고 말해보는 것. 그 사소한 말 한마디가 누군가를 살리는 힘찬 희망이 되는 것이다.

지금 필요한 '사랑한다'는 그 말

지금 세계가 필요로 하는 것 🌙 잭 로고우

지금 세계가 필요로 하는 것은 지느러미가 달린 전기차
지금 세계가 필요로 하는 것은
가장 성스러운 책을 헐렁하고 바보같이 번역하는 것
지금 세계가 필요로 하는 것은
많은 삶을 동시에 사는 방법
지금 세계가 필요로 하는 것은
코끼리와 그의 신뢰할 수 있는 친구들만을 위한 나라
지금 세계가 필요로 하는 것은
중국 바다링산, 탄자니아 킬리만자로, 알래스카
디날리, 러시아 엘브루스산까지 울려 퍼지는 자유
지금 세계가 필요로 하는 것은
중간쯤 덜 익게 방금 구운 버거처럼 맛있는 두부요리
지금 세계가 필요로 하는 것은
월요일을 토요일과 일요일에 딱 붙게 만드는 접착제

지금 세계가 필요로 하는 것은 암을 치료하는 담배
지금 세계가 필요로 하는 것은
90도로 회전하는 프리스비
지금 세계가 필요로 하는 것은
양치질할 때 모두 수돗물을 잠그는 것
방법은 모르겠지만 그렇게 하면 생명을 구할 테니까
지금 세계가 필요로 하는 것은
플란넬 셔츠에 작업용 부츠를 신은 마릴린 먼로
지금 세계가 필요로 하는 것은
우리의 꿈을 재생할 수 있는 방법
지금 세계가 필요로 하는 것은
사랑 달콤한 사랑
적어도 내게 필요한 것은 그것

길을 걷다가 해 지는 풍경 앞에서 3분간 서성였다. 마음이 붙들려서다. 미국 서부를 대표하는 시인 잭 로고우의 위트 넘치고 사랑스러운 시 앞에서도 나는 3분간 서성거렸다. 아주 섬세한 비유로 그려낸 상상력의 정거장은 노을처럼 따스했다. 그 따스함은 바로 사랑이었다.

사랑은 토끼의 털을 만질 때처럼 더없이 부드러운 것이다. 누구에게나 사랑은 절실하다. 내게도 그렇다. 그렇다면 사랑은 무엇으로 올까? 군밤처럼 따스한 말로부터 온다.

"너 정말 멋지다. 넌 정말 훌륭해."

이 달콤한 아부의 말은 덕담이고 위로일 뿐이지만,
사는 데 얼마나 큰 힘이 되어주는지 모른다.

어젯밤 "추운데 밤길 조심하세요, 선생님"이라는 문자 메시지를 받고 눈시울이 왈칵 뜨거워졌다. 외로움에 몸을 떨던 그 순간, 내심 이런 따스한 말이 얼마나 그리웠는지 모른다.

비난하면 비난의 말로 되돌아오고,

칭찬하면 칭찬의 말로 되돌아오기 마련이다.

내가 아는 사랑의 말 중 가장 기억에 강하게 남은 말이 하나 있다. 아는 분이 자식들이 집 대문을 나설 때마다 하신다는 그 말.

"가문의 영광!"

나는 그분의 말에 크게 자극을 받았다. '가문의 영광'이라는 말을 듣고 자란 아이들은 훌륭한 인성을 갖춘 어른으로 성장했고, 기특하게도 국내 유수한 대학의 장학생으로 다닌다고 했다.

한때는 나도 딸의 크고 맑은 눈을 보며 말했다.

"넌 가문의 영광"이라고.

하지만 이것도 몇 년뿐이었다. 사춘기 전부터 지금까지 방을 어질러놓거나 나를 아프게 하는 말을 내뱉으면 딸은 더 이상 가문의 영광이 아니었다.

"네 방 어질러놓을 때마다 내가 진짜 울컥한다!
시험공부도 인간 먼저 되라고 있는 거다.
말버릇도 네 운명을 만드는 거니 시험만큼 중요해.
다 널 사랑해서 이 말도 하는 거야!"

차분한 엄마가 되려고 노력하지만, 나도 모르게 화가 많은 엄마가 되곤 한다. 어떤 때에는 야단치는 문자를 화내는 이모티콘과 함께 보낸 적도 있었다. 문득 아주 어릴 때 신문에서 보았던 '순악질 여사'가 생각났다. 유리창 깨트리는 이모티콘을 보냈던 날엔 내가 정말 순악질 여사가 아닐까

하며 괴로워하고, 한나절 애가 마음이 다쳤으면 어쩌나 걱정도 들었다.

그러나 생각과 달리 아이는 너무나 밝고 우렁찬 목소리로 엄마를 부르며 문을 열고 들어왔다. 그럴 때마다 안심이 되고 한편으로는 당혹스럽기도 했다. 가만히 생각해보면 자식이 큰 잘못을 했다기보다는, 먹고사는 일로 지치고 힘든 스트레스의 얼마가 딸에게 돌아갔음을 인정하지 않을 수 없다.

살다 보면 가족이나 친구, 지인과 의견 충돌을 피할 수 없을 때가 있다. 그런 의견 차이를 다툼으로 끝내는 관계를 보면 서로를 더 이해하면 친해질 수 있는데, 하는 안타까운 마음이 든다.

다들 자존심이 철근같이 세다.
시간이 지나면 그 자존심도
양파 껍질처럼 아무것도 아닌데 말이다.

사람과 사람 사이가 깨지는 원인을 잠잠히 들여다보면, 거의가 말에서 비롯되는 것 같다.

"다른 집보다 뒷바라지 많이 못해줘 미안하구나. 학원이나 과외 같은 것도 안 하는데 이만큼 성적이 나오다니, 너는 정말 멋진 딸이야. 착하게 자라줘서 고마워."

칭찬하면 되돌아오는 말도 칭찬이다.

"우리 엄마 정말 멋지다!"

갈색 시럽처럼 달콤한 아부의 말이고, 서로 가여워서 하는 위로의 말이어도 사는 데 얼마나 큰 힘이 되는지 모른다. 여기서 중요한 사실은 야단칠 때보다 칭찬할 때가 함께 지내기 훨씬 편하다는 것이다.

이건 애들만이 아니다.

누구든 그렇다.

아픔을 감싸주는 애정파스

파스

정원도

맞벌이 20년은 쉴 새 없이 공사 중이다
아내는 날마다 남의 집 벽지를 골라주고
나는 밤마다 고장 난 기계와 뒹군다

죽은 기계 되살리고 돌아오는 날
누가 먼저랄 것도 없이 밥물 올리고 청소하고
만찬도 없는 밤을 맞으며
서로에게 달아주던 훈장!
큰 파스 한 장 반으로 잘라
삐끗한 허리마다 꼭꼭 붙여주면
안쓰러운 손바닥마다 아릿한 향내가 묻어난다

지친 벽마다 화사한 벽지로 단장해주는
측은지심을 발라주는 일이다

그 측은함이 뼛속 깊이 박히는 날도
깜빡, 비닐도 떼지 않은 채 발라주어도
이미 다 나은 듯한 얼굴로
마주 보며 곤히 잠든다

사랑의 초인종이 울렸다. 기숙사에서 5일을 지내다 집에 돌아온 딸이었다. 문을 열어보니 활짝 핀 벚나무처럼 인디언 핑크빛 화사한 옷차림이었다. 생활은 고단해도 봄은 오고야 마나 보다. 나는 허리가 아프고 힘들어서 딸의 팔을 붙잡고 종일 일하던 의자에서 간신히 일어섰다. 벌써 이 지경이 되다니, 남은 반생을 어찌 살까 싶어 걱정이 앞섰다.

딸은 익숙한 듯 파스를 꺼내 결리고 아픈 곳을 묻고는, 자주 아픈 부위에 여섯 면을 붙여주었다. 싸한 향기를 풍기며 파스 몇 장이 나를 든든하게 감싸주었다. 좋은 일이 생긴 듯 밝은 표정이기에 남자친구가 생겼느냐고 물었다.

"아니"라는 딸애의 대답은
사랑이 그렇게 쉽게 찾아오겠냐고 되묻는 어투였다.
내가 사람들에게 즐겨 묻는 질문을 던졌다.

"넌 사랑이 뭔 것 같니?"

"어느 목사님이 해준 이야기인데, '이성 간의 사랑은 이기적인 사랑이다. 오직 내 마음에 들기 때문에 사랑하는 거니까'라고 하셨어. 그런데 어느 정도는 맞는 이야기인 것 같아.

하지만 이기적이면서
동시에 희생적일 수 있지 않을까."

나는 그렇다는 의미로 고개를 끄덕였다. 많은 사람들이 그럴 것이다. 커플 중 누구 하나는 좀 더 희생적이 되어야 하는 것 아닐까, 하는 생각도 들었다. 어느 때는 남자가, 또 어느 때는 여자가. 애정으로 파스를 붙여주듯 서로에게 도움을 주는 것이다. 정원도 시인의 훈훈하고 인간적인 시 「파스」처럼.

온 방을 화사한 벽지로 발라
좋은 기운을 부르는 것.
행복의 기운으로 바꿔가는 것.
파스를 붙일 때 살을 꾹꾹 눌러주며
안마까지 해주는 사랑.

서로 마주 보며 잠이 드는 모습을 그리는
살갑고도 따스한 시다.

이어서 나는 딸에게 희망이 뭐냐고 물었다. 딸은 우선 중간고사를 잘 보았으면 좋겠다고 했다. 그러고는 나의 느닷없는 질문에 배시시 웃으며 나부터 말해보라고 넌지시 권유했다. 나는 생활비를 버느라 버거운데 돈에 치여 살지 않을 정도면 좋겠다고 하니, 딸은 내가 따라준 물 한 컵을 말끔히 비워냈다. 곧이어 사기 접시에 남은 물방울처럼 투명한 목소리로 이렇게 말했다.

"나도 열심히 공부하고 자립해서
엄마 모시고 여행 가고 싶어."

참 눈물겹네.
어느새 커서 저런 말도 할 줄 안다니.
그저 말만으로도 자식 키운 보람을 느꼈다.
파스보다 진한 향기가 내 가슴을 뜨겁게 했다.

딸의 남자친구가 온 날

삶은 아름다움을 팝니다

새러 티즈데일

삶은 아름다움을 팝니다
온갖 곱고 놀라운 것들을
벼랑에 하얗게 부서지는 푸른 파도와
흔들리고 노래하며 솟구치는 불꽃
그리고 경이로움을 담은 잔처럼
하늘을 쳐다보는 아이들의 얼굴을

삶은 아름다움을 팝니다
금빛으로 휘어지는 음악과
비에 젖은 소나무의 향기
사랑을 담은 눈과 포옹하는 팔
그리고 영혼의 고요한 기쁨을 위해
밤하늘에 별을 뿌리는 거룩한 생각들

아름다움을 위해 다 바치세요
값을 따지지 말고 그것을 사세요
순수를 노래하는 평화로운 한 시간은
싸움에 잃어버린 긴 세월의 값을 해요
한순간의 황홀을 위해서라도
당신의 과거와 미래를 다 바치세요

모녀가정의 엄마로서
물과 먹이를 나르던 시간들.
아이와 씨름하다 다 가고만 시간들.
약속이 있을 때마다 아이 맡길 곳을 찾던 시간들.
누가 나 대신 애를 좀 보살펴주었으면 좋겠어,
그런데 아무리 둘러봐도
나 외엔 아무도 없던 나날들…….

눈이 캄캄해지도록 힘든 시간들을 지나와 어느새 훌쩍 커버린 딸아이를 보며 안도의 한숨을 내뱉고 뿌듯한 심정을 느꼈다. 그리고 그 옆에 선 남자친구를 바라보았다. 물론 남녀 사이의 관계는 아니다. 그냥 초등학생 때부터 알고 지낸 친구였다. 요새 청소년들 용어로 '남사친'. 즉 남자, 사람, 친구란 뜻이다. 그저 절친한 친구 사이임에도 말할 수 없는 보람과 기쁨을 느끼면서도, 문득 내 옆이 더 허전하게 느껴졌다. 아득한 세월을 더듬으니 눈가가 가볍게 떨려왔다. 마음이 조금 외로워도 재미있었다. 오늘 저녁은 밥을 안 먹어도 배부를 것 같았다.

"너희들 돈 줄 테니 가서 먹고 싶은 걸 사오렴."

"우아! 신난다!"

여고생인 딸이 환호성을 지르며 친구와 문밖을 나섰다.

내가 준 돈을 들고 슈퍼마켓으로 걸어가는 애들을 신비롭게 바라보았다. 오랫동안 연애 생각도 없이 살아온 나는 내심 부러워하며 녀석들을 향해 뇌까렸다. 저렇게 내게도 '남사친'이 있었다면, 하는 소망이 찰랑찰랑 물결쳐왔다.

"그래, 너희 둘은 서로를 위로하며

위기의 지구에서 살 길을 모색해보거라."

속말을 하며 딸의 방에 들어가니 책상 위에 아이가 빌려다놓은 책, 알베르 까뮈의 『이방인』이 놓여 있었다. 그 뒤로 초등학생 때 사준 동화책들이 아직 책꽂이에 꽂혀 있었다. 그중 수지 모건스턴의 동화 『엄마는 뭐든지 자기 맘대로

야』를 오랜만에 손에 잡고 후루룩 들춰보았다. 문득 '아이를 위해 엄마가 지켜야 하는 40계명'이 눈에 띄었다. 책상에 걸터앉아 하나둘 읽어보았다.

아이가 마음을 털어놓을 수 있는 친구가 되고
아이의 편이 되어주세요.
아이의 말을 진심으로 들어주세요.
훈계를 일삼지 마세요.
"내가 틀렸어" "미안하다"라는 말을
꺼리지 마세요.
유머감각을 키워주세요.
아이를 존중해주세요.
아이와 성에 대해 토론해보세요.
"사랑해" 그리고
"네가 자랑스러워"라고 말해주세요.
절대로 아이의 친구들 앞에서
아이를 깎아 내리지 마세요.
가능하다면 아이 스스로
결정을 내릴 수 있게 해주세요.
당신의 아이는 당신이 아는 것보다
훨씬 특별한 존재임을 잊지 마세요.

딸은 이제 어린아이가 아닌 청소년이지만, 엄마들을 위한 이 이야기는 나이를 넘어 가슴에 새길 말이었기에 하나하나 되돌아보았다. 이런 내용을 유념하더라도 사실 살다 보면 그렇게 행동하기가 쉽지 않다. 얼마나 화나고 속상할 때가 많았는지, 이제는 무겁고 아픈 몸으로 다가왔다. 문득 딸을 사회에 내보낼 땐 어떤 기분일까, 하는 두려움과 설렘이 함께 찾아왔다. 이런 생각 저런 생각이 오갈 때 녀석들은 나를 위해서는 아무것도 사지 않은 채 돌아왔다. 자기들 먹을 아이스크림만 달랑 사와서 내게는 잔돈만 건네주는 딸아이를 보며, 아무렇지 않은 척했다.

얄밉고 서운해도
자식을 향한 사랑은 변함이 없다.

딸을 키우던 영감으로 쓴 동시집 『초코파이 자전거』 속 시 한 편이 초등 1학년 교과서에 실린 후 책이 잘 팔려 기운 없던 삶에 용기를 주었던, 그때의 기쁨을 떠올렸다. 힘들고 서운한 일도 많았으나 딸아이가 주는 큰 용기와 영감은 돈으로 셀 수도, 무엇으로 따질 수도 없는 것이었다. 그것은 끊임없이 나를 일으켜 세워주는 사랑이지 않았는가. 그렇게 나를 다독였다.

자기들 오랜만에 만난 반가움에 엄마는 잠시 뒷전일 수 있다. 최근에 나는 딸로부터 또다시 엄청난 사랑을 받지 않았던가. 자신을 위해 넣어둔 저축 보험을 털어 엄마가 하고 싶어 하는 출판사 일에 보태라며, 은행에 가서 필요한 것들을 묻고 메모해 내게 건네주던 딸.

"엄마, 나는 돈 욕심이 없어.
엄마 책 내느라 힘들 텐데 빚 갚아요.
단, 참고서랑 필요한 물건들 사게
딱 50만 원만 남겨주시면 돼."

새러 티즈데일은
'삶은 아름다움을 판다'라고 노래했다.

그중에서도
모녀 간의 사랑만큼 아름다운 게
또 어디 있을까.

값으로 따질 수 없을 만큼
소중한 애정이.

친밀한
타인

예언자

칼릴 지브란

당신의 아이는 당신의 아이가 아니다
그들은 스스로가 주인인 생명의 아들딸이다
그들은 당신을 거쳐서 왔으나
당신으로부터 온 것은 아니다
그리고 그들은 당신과 함께 있지만
당신의 소유물은 아니다
당신은 그들에게 사랑을 줄지언정
생각을 주어서는 안 된다
당신은 그들에게 집을 줄지언정
정신을 가두어서는 안 된다
그들의 정신은
내일의 집에 살아가도록 되어 있는 것이다

당신이 그들을 사랑하는 것은 좋지만
그들이 당신을 사랑하도록 만들어서는 안 된다
생명은 뒤로 물러가는 법이 없고,
어제에 머물러서는 안 되기 때문이다
당신은 활이요, 그들은 화살이니
그들을 앞으로 나아가게 해야 한다

며칠 전, 한 잡지사와 인터뷰를 할 때 기자가 내게 물었다. 요즘 행복하냐는 질문이었다.

나는 잠시 머뭇거렸다. 특별히 불행하지도 행복하지도 않았기 때문이었다. 한편으로는 만약 행복하다고 말하면, 입으로 내뱉자마자 금세 행복이 달아날까 봐 겁이 났다. 언젠가 읽었던 벨기에 출신 소설가 아멜리 노통브의 소설에서 인용한 속담 한 대목도 생각났다.

"행복해지려면 숨어 있어라."

이 속담이 무척 가슴에 와 닿았기에 말을 아끼고 싶었다. 동시에 문득 내 마음 한 켠에 '도대체 행복이 무엇이기에 이렇게 조심스러워야 하나?'라는 의문이 치밀었다.

나는 기자에게 당신도 행복하냐고 물었다.

"예, 행복합니다."
"어째서요?"
"세 살짜리 아들 때문에요."

행복에 대해 명확하고 심플한 근거를 제시한 그녀가 부럽기도 했다.

작은 것에 감사하는 이는
늘 행복하다.
행복은 그리 먼 곳에 있지 않다.
만족하는 마음에
깃들기 때문에.

현대 프랑스인들의 애정을 한 몸에 받는 여류 작가 프랑소와즈 말레 조리스의 자전적 소설 『행복에 관한 대화』에서도 행복을 엿볼 수 있다. 그녀는 이 책을 통해 이혼과 독신주의가 주류를 이루고 있는 프랑스 풍토에서 가족의 의미가 무엇인지를 탁월한 필치로 세심하게, 때론 경쾌하고 서정성 깊게 풀어냈다.

"우리는 축적한다. 추억들을, 함께 웃으며 보았던 바보 같은 영화들을, 의견을 함께했던 신념들을, 상대방의 의견을 존중했던 신념들을, 이 은총의 순간들을 우리는 축적한다. (중략) 지나가버린 사람들, 때때로 그 사람들은 다시는 되돌아오지 않는다. 그 때문에 나는 몹시 슬프다. (중략) 아이들이 훌륭하게 자란 것은 아이들 스스로 체험하고 깨닫는 가운데 그렇게 된 것이며 자신이 준 것은 신뢰감뿐이었다."

스스로 체득한 경험을 바탕으로 행복을 이루기 위해, 가부장적인 삶 속에서 여성의 위치와 고뇌를 풀어나가는 방식이 나의 고민과 닮아 반가웠다. 이 소설의 한 대목 옆에 칼릴 지브란의 「예언자」를 타이핑하여 한동안 부엌 앞에 붙여두었다. 아이를 키우는 데에 참 중요한 자세라고 생각했기 때문이었다. 물론 워낙 바쁘다 보니 매일 들여다보고 되새기지는 못했다. 그래도 어쩌다 보는 일의 중요함을 알았기에, 테이프가 너덜너덜해질 때까지 내버려두었다.

그들은 스스로가 주인인 생명의 아들딸이라는 것.
그들을 사랑하는 것은 좋지만
그들이 당신을 사랑하도록 만들어서는
안 된다는 것.

소가 되씹듯 이 문장들을 반복해 읽었다. 아이가 친밀한 타인임을 받아들이면, 인생은 또 다른 모습으로 다가온다. 특히 아이가 사춘기에 접어들면 몹시 낯설게 느껴진다. 여드름이 난 이마에서 매끈하고 보들보들했던 유치원 시절을 떠올릴 때가 온다. 그리고 아이를 친밀한 타인으로 생각하면 애착도 집착이 되지 않는다. 이것에 웃음이 나기도 하고 슬프기도 하고 기쁘기도 하다.

이런 친밀한 타인이 어찌 아이에게만 해당되겠는가. 정이 들어버린 사람, 사랑의 이름으로 불리는 그 누구나 다 친밀한 타인이다. 그렇게 인정할 때 삶은 더 여유롭고 아름다워진다. 이런 노력도 결국은 행복해지려는 몸부림이다.

우리가 아이들에게 줄 수 있는 건
추억의 축적과 신뢰감뿐이라는 걸.
행복하기 위해 숨어 있어야 하며,
자식마저도 거리를 두어야 한다는 걸.

쉬운 듯하지만 결코 쉽지가 않다. 그저 몸에 익히는 수밖에 없기에, 지금 이 순간은 다시 오지 않음을 문득 생각해 본다.

그저 그렇게 사는 우리는 위대해

멋모르고 흘러가다 몸이 닿는 바위에 붙어 사는 홍합이나 물의 흐름에 따라 옮겨 다닐 수밖에 없는 멸치나 밀물 따라 들어왔다 그물에 갇힌 꼴뚜기나 아무도 침범하지 못하는 외톨이 된 집을 붙들고 사는 달팽이나 할 일 끝나고 이불 속에서 푹 처진 그놈이나 그저 그렇게 사는

나는 언제까지 이렇게 살아야 할까,
스스로에게 물을 때가 있다.

지금처럼 원고를 쓰고 출판사 일에 사진전까지 신경 쓰느라 힘이 부칠 때면, 그 힘겨운 터널을 빠져나가려 더욱 일에 몰두하곤 한다. 햇빛조차 어둡다. 금세 해가 기울 텐데, 기울기 전에 바깥세상을 한 번이라도 더 봐야 하는데, 하며 아쉬움을 삼킨다.

페이스북에는 몇 년 전 추억의 게시물들이 고스란히 보관되어 있다. 볼 때마다 '아니, 그때 내가 정말 그랬단 말이야?' 하고 깜짝 놀란다. 그래, 지난 시절을 떠올려 놀라지 않았던 적이 어디 있었는가. 언젠가 딸은 내가 정신없이 한 일들을 너무나 잘 기억해서 나를 크게 놀라게 한 적이 있었다. 가령 이런 말 따위로.

"초등학교 1학년 때 엄마가 환경을 지켜야 한다고 비누로 머리 감겨줬잖아. 머리털에 남겨진 비누가 하얗게 엉겨 붙어서 슬프고 창피하고 그랬어."

이 얘기를 듣고 얼마나 놀랐던지. 아니, 진짜 내가 그랬단 말이야? 일을 할 땐 꼼꼼하지만, 생활에서는 하도 덜렁대는 엄마라 딸 머리카락 하나 케어하지 못했구나. 머리칼에 비누가 엉키도록 환경주의자의 삶을 살았단 말인가. 스스로 부끄러워져 얼굴이 빨갛게 달아오른 기억이 생생하다.

그렇게
좋은 엄마로 살았는가에 대한
의문만 남긴 채 시간이 흘렀다.

하루에 밥 세 끼 지어 먹이기도 힘든 세월이 15년 흘러, 딸이 중학교에 가서야 비로소 밥 세 끼에서 조금 해방되었다. 적어도 자신이 라면 정도는 끓여 먹을 수 있을 테니까. 또 이렇게 생각하다가도 '아니, 라면을 먹게 하다니. 누군가 들으면 나무랄 수도 있겠군'이라고 자책하기도 하고. 엄마로서, 또 가장으로서 그 밖의 역할들을 해내느라 정신없이 허둥대며 그렇게 지금껏 살아왔다.

이위발 시인의 시처럼, 매일은 그저 그런 하루다. 이 시를 읽다 보니 세파의 괴로움이나 힘듦에서 한 발자국 떨어져 보게 되는 여유가 생긴다. 큰 기쁨에도 덤덤하고, 불행한 일이 닥쳐 힘들어도 여유롭다. 당장을 보기보다 좀 더 장기적인 안목으로 일과 사람을 보면 마음이 넉넉해진다. 나이 드는 지혜와 기쁨이란 바로 이런 건지도 모르겠다.

좀 더 젊었던 날엔 왜 그리 매일매일이 애절했던지,
그래서 조바심 내고 더 외롭고 쓸쓸했던 것 같다.
나에게는 생존이 달린 절박함이
두 배 세 배의 고단함으로 다가왔다.

분명 저마다 삶은 그저 그렇게 흘러간다. 한숨과 슬픔, 웃음이 섞인 모호한 표정이 거울에 비쳤다. 딸은 이런 엄마의 고뇌를 알까? 아마 전혀 모를 것이다. 우리는 가족이라도 다 모른 채 그저 그렇게 살아간다. 이 사실을 인정하면 가슴이 덜 아프다. 행복의 높이도 그리 높지 않다. 아주 사소한 밥 한 끼, 차 한 잔에도 기쁘고 여유가 생기는 법이다.

며칠 전, 비 내리는 일요일 오후 다섯 시에 딸은 컴퓨터 본체를 어깨에 짊어졌다. 자식이 가장 좋고 든든할 때가 이렇게 그저 그런 사소한 도움을 줄 때가 아닐까. 서로 비를 안 맞으려고 삐끗하다가 소리가 높아졌다. 으레 가장 믿는 이에게 화를 내게 되지 않던가. 그때 딸이 내가 언젠가 자신에게 해줬던 말을 되뇌었다.

"우리 함께할 때만큼은 행복했으면 좋겠어. 인정?"
"응, 인정!"
"이제 엄마는 우리 세대와 완전히 소통하고 있어."

딸이 웃으며 말했다. 아이들과 소통하기 위해 '인정'이라는 유행어가 내 몸에 들어왔다.

그저 그렇게 사는 우리는 참 위대하다.
행복의 높이도 조절하고,
아주 사소한 밥 한 끼, 차 한 잔에도
기뻐하고 감사할 수 있으니까.

모든 육아의 문제를 혼자 안고 가는 엄마의 하루는

정말이지 충격과 혼란 그 자체였다.

그때 깊은 밤의 감촉이 괴롭고 힘든 기억들을

잠시나마 푸근하게 덮어주었다.

내일 아침은 오늘보단 조금 더 평화롭고 아름답겠지.

2

가끔은 엄마도 위로가 필요해

기쁘고 힘겨운 엄마

부억에서 부억을 꺼내니까 부억이 깨지고, 엄만 깨진 부억들을 줍고, 줍다가 손가락이 깨지고, 깨진 손가락은 피가 나지 않고, 퉁퉁 붓기만 하고, 퉁퉁 부은 손가락 사이로 기름 묻은 심장이 걸어 나오고, 심장이 마르기도 전에 나는 또 냄비를 태워먹고, 언제 그랬냐는 듯 엄마는 또 밥상을 들고 오고, 들고 오는 모습은 가슴에 잔뜩 힘을 준 보디빌더 같고

나는 목소리를 반납하고 사람이고 싶었던 여자를 떠올리고, 또 술 처먹고, 또 언제 그랬냐는 듯 물거품 물거품이 되고, 엄만 아직도 건널 수 없는 수심을 몸으로만 건너려고 하고, 나는 해장국 끓이는 엄마의 굽은 등을 둘둘 말아 이불 밖으로 나오지 못하고, 나오지도 못하면서 그릇들이 죽었으면 좋겠고, 그릇들은 여전히 단단하고, 오래 물에 씻겨 차라리 구릿빛이고

설거지를 하고 나니 어느새 두 시간이 흘러 있었다. 매일 되풀이되는 부엌일과 방 청소에 힘이 부쳐 아무 일도 할 수 없었을 때, 얼마나 많이 가슴 아팠던가. 또 아무도 몰래 울기는 얼마나 많이 울었는지.

이런 생각을 하며 창밖을 보니 앵두꽃이 한 잎 두 잎 떨어지고 있었다. 어떤 꽃잎이든 떨어지는 모습을 보면 가슴 한 켠이 아련해진다. 내가 사는 마을에는 벌써 벚꽃이 지고 있었다. 문득 내 마음이 이렇게 중얼거렸다.

'한 잎 두 잎 떨어지는 꽃잎이
나를 키울 때 흘렸을
우리 엄마의 눈물 같구나.
그리고 자식 키우며 흘린 내 눈물 같구나.

딸을 키워보니
우리 엄마가 얼마나 힘들었을지
비로소 이해되는구나.'

벚꽃 잎이 떨어질 때마다 슬프고도 대견한 기억이 흘러온다. 모든 엄마가 그렇겠지만, 딸이 어렸을 때는 잠을 재우느라 참 힘들었다. 애 끌어안고 젖을 먹이다 잠들고, 깨면 기저귀 갈고, 또 울며 보채면 젖 먹이고, 또 쓰러져 잠 좀 들라하면 똥 싸고. 부엌과 화장실을 번갈아 가며 우유를 타고 똥 기저귀를 빠는 그 되풀이가 언제 끝날까 싶어 한숨을 짓다가도, 아기가 방긋방긋 웃으면 몸과 마음의 고단함이 일시에 사라지곤 했다. 그러면서 또 되풀이되는 육아 노동이 힘들어서 참 많이 울기도 울었다.

나만의 시간을 가질 수도, 누릴 수도 없다는 슬픔이 몰려올 때면 어깨가 축 처지곤 했다. 밖에서는 씩씩하고 활달한 모습으로 비쳤겠지만, 가끔은 나도 멍하니 눈물 흘릴 때가 많았다는 걸 주변 사람들은 알기나 할까.

육아의 한 가운데에는 우울함에 몸서리치고, 점점 깊은 바닷속으로 푹 잠겨 잠 못 이루는 내가 있었다. 생각이 많아져서 며칠 동안 불면증에 시달렸고, 감기 몸살에 걸려도 마음 놓고 누울 시간이 없었다.

그래도 아슬아슬 숨 쉬는 아기,
내 인생을 새롭게 만들어준
딸에 대한 고마움을 떠올리면
끝없는 삶의 에너지와 욕구가 요동쳤다.

딸과 함께하는 생활이 아무리 힘들어도,
이곳이 곧 나의 천국임에 감사하며 힘을 내곤 했다.

엄마의 일상이란
매일 밥상을 내오고 설거지를 하는 일.
매일 쌓이는 빨래를 빨아 너는 일.
쓸고, 닦고, 치우고,
방에 군불을 지피는 일.
그러다가 쓰러져 잠들고
잠 못 자며 우울해지는 일.
이 반복이 평생 이어진다.

황종권 시인의 시「부엌은 힘이 세고」가 가슴에 몹시 와 닿는 저녁이다. 부엌에서 부엌을 꺼낸다는 시인의 훌륭한 상상력은 매일 되풀이되는 엄마의 일상 속 고단함과 무료함을 의미한다. 평생 부엌 한구석에 사는 쌀독처럼, 무겁고 슬픈 엄마의 모습이 비치는 시다. 부엌을 오가는 엄마의 운명, 다시 말해 여성의 운명을 함께하고 싶은 아들의 연민이 구구절절 배어 있다.

어느덧 딸은 고등학생이 되었다. 어릴 때와는 반대로 지금의 나는 아침에 딸을 깨우는 일이 가장 고단하다. 애를 못 깨워줘 지각이라도 하면, 나의 하루는 온통 먹구름에 휩싸인다. 딸의 비명 소리, 울면서 학교에 뛰어가는 발자국 소리에 엄마 마음은 무너진다. 부엉이 같은 야행성 작가의 딸로 태어나 네가 고생이 많구나, 중얼거리며 작아지는 나다.

꽃이 휘날릴 때마다 엄마의 눈물처럼
엄마의 딸인 내 눈물이
저리 날아가는구나
생각했다.

어떤 운명에도 굴하지 않고

인생 예찬

헨리 롱펠로

슬픈 목소리로 내게 말하지 말라
인생은 다만 헛된 꿈에 불과하다고
잠든 영혼은 죽은 것이니
만물은 겉모양 그대로가 아니다

인생은 진실이다 인생은 진지하다
무덤이 인생의 종말이 될 수는 없다
"너는 흙이니 흙으로 돌아가라."
이 말은 영혼을 두고 한 말이 아니다

인생이 가야 할 곳, 또한 가는 길은
향락도 아니며 슬픔도 아니다
저마다 내일이 오늘보다 낫도록
행동하는 것, 그것이 목적이요 길이다

예술은 길고 세월은 빨리 간다
우리의 심장은 튼튼하고 용감하나
싸맨 북소리처럼 둔탁하게
무덤을 향한 장송곡을 치고 있구나

이 세상은 넓고 넓은 싸움터,
인생의 노영 안에서
말없이 쫓기는 짐승처럼 되지 말고
언제나 싸움에 승리하는 영웅이 되어라

아무리 즐거워도 미래를 믿지 마라
죽은 과거는 그대로 묻어버려라
행동하라, 살아 있는 현재에 행동하라
안에는 영혼이, 위에는 하나님이 있다

위인들의 생애는 우리를 깨우치니
우리도 장엄한 인생을 이룰 수 있고
떠날 땐 지나간 시간의 모래 위에
우리의 발자취를 남길 수 있느니

그 발자취는 훗날 다른 이가
인생의 장엄한 바다를 항해하다가
조난당해 버려진 형제의 눈에 띄어
새로운 용기를 얻게 될 것이다

우리 모두 일어나 일하자
어떤 운명에도 굴하지 않을 용기를 가지고
계속 이루고 도전하면서
끊임없이 일하며 기다림을 배우자

난생 처음 영국을 여행한다는 생각에 그네를 탈 때처럼 하늘을 다 얻은 듯 몸이 가벼워졌다. 어느새 인천공항이었다. 카트에 짐을 싣고 딸과 함께 힘껏 달렸다. 그런데 아뿔싸 이걸 어쩌나, 카트를 보니 카메라 가방이 없었다. 가슴이 철렁 내려앉았다. 딸도 훌쩍 커버린 키를 휘청이며 안쓰럽게 나를 바라보았다.

"아, 카메라 가방 두고 내렸나 봐.
서윤아, 먼저 가 있어.
공항 안에 있는 서점 앞에서 만나자!"

이렇게 딸에게 말하고는 앞만 보고 달렸다. 안내데스크에 호소를 하자 담당 아가씨가 여러 조치를 취해주었다. 얼굴은 붉게 달아오르고, 어질하도록 머리가 아팠다. 늘 애를 챙기다 보면 물건을 잊고 나올 때가 많았는데, 이렇게 밖에 나와 잃어버릴 때도 가끔 있었다. 특히 카메라처럼 고가의 물건을 잃어버리면 얼마나 마음이 아픈지……. 그때 출입국 검사대를 지나 공항 서점에서 나를 기다리던 딸이 카메라를 찾았냐고 물었다. 나는 빠른 결정을 내려야 했다. 지금 사지 않으면 모처럼 만의 여행 풍경을 담을 수 없다는 절박감이 밀려들었다. 사진을 안 찍으면 추억도 없을 텐데, 하며 카메라를 사러 가겠다고 하자 딸이 큰소리로 외쳤다.

"엄마, 비행기 뜨기 30분 전이야. 그냥 가자!"

아냐, 고개를 저으며 물어물어 면세점을 찾아 카메라를 샀다. 잃어버린 것과 똑같은 기종의 바디와 렌즈를 사고 나니 이륙 10분 전이었다. 우리는 게이트를 향해 미치도록 달려 비행기 안으로 들어갔다.

시인과 사진작가로 활동하는 내게 카메라는 몸의 일부인 만큼 중요한 물건이다. 그래서 카메라에 얽힌 사연도 많다.

딸을 키우며
작은 카메라와 큰 카메라
다 합쳐 세 대를 잃었다.

언젠가는 귀국 후 몸과 마음이 지칠 대로 지쳤을 때, 딸에게 카메라를 맡기고 화장실을 다녀오는 새에 잃은 적도 있었다. 어린 딸이 잠시 다른 곳을 볼 때 누가 가져갔나 보다. 하필 공항에서 그곳에만 CCTV가 없었다. 한 달 동안 가슴앓이를 할 만치 후유증이 컸다. 딸과 내가 함께 돌아다닌 나라는 총 43개국이고, 나는 개인적인 출국까지 포함해 총 50개국을 다녔다. 10여 년 동안 카메라 세 대의 상실은, 어쩌면 필연적이었을지도 모르겠다.

내 몸 하나 다스리기도 고달픈 인생에
딸과 딸같이 아끼던 카메라까지…….
그래서 우리 엄마는 나에게 가끔 이런 말씀을 하셨다.

"왜 그렇게 골 아프게 사니? 카메라에, 시에, 그림에."

"운명이야."

그때 나의 대답이었다.

가족도 운명 공동체라 어쨌든 함께 가듯이 말이다. 싫을 때조차 손을 놓지 않고 같이 가는 것이 책임이며 사랑이 아니던가. 전후좌우 정비해 들어갔다. 어쨌든 조금씩 좋은 방향으로 바꿔가자. 어떤 불행한 일이 닥쳤을 때 겁내거나 불안해하면 모든 것이 뒤틀려버리기 쉽다. 그러면 자신감까지 잃고 말아서 계속 안 좋은 쪽으로 일이 흘러가버린다. 이럴수록 다시 마음을 잡고, 조금씩 좋은 방향으로 바꿔가야 하는 것이다.

자식과 어디든 가기 위해 엄마들이 준비하고 챙겨야 할 것들은 왜 이렇게 많은지. 그 준비가 좋은 방향으로 가는 지름길을 만드는 것이다. 우리가 행복하기 위해, 준비하고 챙겨야 할 것들로 만나는 포근하고 부드러운 길. 발이 닿는 순간 가슴이 뜨거워져 기쁨에 빠져버리고 싶은 길.

문득 롱펠로의 시를 떠올렸다. 「인생 예찬」 속 시구처럼 인생에 손익이 어디 있겠는가. 잃더라도, 새로운 그 무언가를 다시 얻을 수 있도록 노력하는 수밖에.

카메라를 잃었던 기억이 먹물처럼 어두웠는데,
시 한 편으로 가슴을 쓸어내렸다.
창밖을 보며 생각했다.

어떤 운명에도 무릎 꿇지 않고
조금씩 좋은 쪽으로 바뀌어 가고.

혼자
이겨내는
당신을 위하여

강릉 가는 길

윤후명

삶을 이어가기에는 감자가 아리고
사랑을 나누기에는 물고기가 비리고
죽음을 이루기에는
산과 바다가 죽음보다 길쭘하여
그리운 사람들 모두 어디로 가는지
물어보고 싶던 날이 있었다
뒷산 호랑이가 나무되어 걸어 내려와
처녀 데려가 살았다는 옛 곳
옥수수수수염 같은 고향길
그렇건만
삶과 죽음이 새삼 서로 몸을 바꿔
사랑을 더듬는 모습 속에
더욱 갈 길 아득하여
어디인가 어디인가
어디인가 멀뚱거리기만 하였다

봄날에 내리는 눈은 낯설고 구슬프다.

날이 흐렸다.

그리고 눈물이 쏟아졌다.

충북 증평에 사는 모녀가 생활고를 견디다 못해 자살을 했고, 두 달 만에 주검으로 발견되었다는 뉴스를 보고는 남의 일로 느껴지지 않아서였다.

나도 혼자 딸을 키우며 수없이 죽고 싶었던 기억이 떠올랐다. 돈은 떨어지고, 갓난아이를 어찌 키워야 할지 눈앞이 캄캄해져 막막했다. 딸과 함께 목숨을 끊은 그녀의 유서에는 "혼자 살기가 너무 힘들다"라는 말이 쓰여 있었다. 백번 천 번 그 힘든 마음을 헤아리기에 눈시울이 뜨거워졌다. 이렇게 허망하게 죽기 전에 누군가에게 도움조차 요청할 수 없었다니…….

집 안을 오가는 사람도 없고
누구 하나 전화 걸어주는 이도 없었다는 절망감은
그녀에게 더 살아갈 이유를 주지 못했다.

이 뉴스를 접하기 전 나는, 출판사를 차린 후 낸 시선집 『아들아, 외로울 때 시를 읽으렴』의 카피를 바꿔 인쇄를 맡겨둔 상태였다. 일주일을 고민한 카피의 서두는 이러했다.

'혼자서 이겨내는 너를 위하여
아들로 살아가는 너를 위하여.'

힘들 때, 몹시 외로울 때 시를 읽으며 강하고 끈질기게 살아갈 힘을 얻으리란 믿음으로 만들었지만, 이렇게 누군가 죽어나가는 뉴스를 보면 나도 모르게 맥이 죽 빠져버리고 만다. 그래서 내 생애 꿈 중 하나가 힘겨운 이들을 돕는 것이다. 특히 시집을 기증하고 싶어 고아원과 소년원, 미혼모의 집 주소를 정리하고 편지도 써놓았다. 세상에 존재하는 모든 어려운 이들이 지치고 외로울 때 강하고 단단하게 살아갈 위안이 되길 바라는 마음으로, 우리의 친구들이 튼

튼하게 성장하는 데에 조금이라도 힘이 되기를 바라는 마음을 담아서.

그렇게 주소를 검색하던 중에 '찜질방을 전전하던 청소년 미혼모'의 이야기가 눈에 들어와 읽게 되었다. 미혼모의 집 간사님들이 사라진 청소년 미혼모들을 찾아 나서는 이야기였다.

마침 찜질방을 전전하던 미혼모의 친한 친구가 한부모가정지원센터의 대표에게 전화를 했나 보다. 친구를 구해달라고. 대표는 그녀를 도우러 나섰고, 새 보금자리로 이끌어주었다. 그때 어린 엄마는 눈물 지으며 고개 숙여 인사했다.

"고맙습니다. 끝인 줄 알았어요. 정말 고맙습니다……."

"월세 밀리지 말고, 당분간은 내가 도와줄게요.
일자리도 알아봐줄 테니 다시 시작해보자고."

센터장은 고개를 떨군 채 우는 어린 엄마의 어깨를 다독였고, 그녀는 살아갈 힘을 얻었다. 이 엄마처럼 증평 모녀에게도 전화 걸어줄 친구가 있었다면, 어린 딸과 극단적인 선택을 하지 않았을 텐데. 참으로 가슴 아픈 죽음이었다.

미혼모도 이혼남, 이혼녀도 점점 늘고 있다. 이렇게 다양해진 삶의 방식이 이젠 낯설지 않다. 청소년 부모도 마찬가지다. 하지만 동시에 내 후배 시인의 말도 어른거린다.

"아직도 이혼녀들은 친정에서든 사회에서든 고립되어 있어요. 소외감이 말도 못해요. 선배는 다른 여자들에 비해 복이 있어요. 글도 쓰고, 멋진 부모님과 자매들, 남동생한테까지 지지를 받았잖아요. 이혼한 여자들이 모여 있는 온라인 카페에 들어가보세요. 그녀들끼리 뭉쳐야 산다는 걸 절감할 거예요."

나는 나의 이혼이
딸아이의 인생에 걸림돌이 되지 않도록
상처도 콤플렉스도 되지 않도록
늘 이런 말을 하며 살았다.

"사람 사는 모양이 어때?
전부 다 다르지?
사람들 얼굴이 다 다르듯이 말이야.
어떤 친구는 할머니랑 살고, 또 아빠랑 살고,
우리처럼 엄마랑 사는 사람들도 있는 거야.

그 누구에게도 편견을 가지지 말아야 해.
모든 다름을 존중해야겠지."

딸이 세 살이 되던 해에 이혼을 해서 그런지 내 딸은 이혼 후유증 없이 자랐다. 물론 이혼으로 인해 나는 늘 경제적인 절박감을 안고 살아야 했다. 최근 혼자 출판사를 차린 이유도 딸이 학비와 돈 걱정을 해서였다.

"엄마, 어떡하지? 나 학비도 없는데."
"뭐라고? 그건 엄마가 준비할 건데 무슨 소리야."

그러면서 문득 입학금만 대출받아 내고 나머지 등록금은 네가 알아서 마련하라고 했던 나의 말이 떠올랐다.

전업 작가가 뭐기에, 예술이 뭐기에 자식을 돈 걱정하게 만들었을까……. 부끄럽고 슬펐다. 그래서 두 팔 걷어붙이고 6년 동안 망설였던 출판사를 차렸다.

어쨌든 길은 스스로 찾는 법밖엔 없지만, 그래도 언제든 그 길목에 도와주는 이들이 반드시 있다. 슬플 때 슬픈 이들을 보며 이겨내게 되고, 웃음은 웃음 속에서 더 크게 번지는 법이다. 어쩌면 모두 사라진다는 점에서, 대체로 힘들고 고단한 삶을 살아간다는 점에서 우리 모두는 슬픈 사람들이다. 늘 뭐 하나가 아쉽고, 안타깝고, 아프기만 하다.

삶을 이어가기에는 감자가 아리고, 사랑을 나누기에는 물고기가 비리다, 라는 것. 아주 자세하게 감자와 물고기로 삶을 비유하는 솜씨는 아무나 가질 수 없다. 소설가이자 시인 윤후명에게 강릉은 실제 고향이기도 하고, 시인이 마음을 놓을 수 있는 이데아일 것이다.

가다가 지금 어디로 가는지를 묻는 이유는 길을 잃을까봐 염려해서일 것이다. 여기서 우리는 특별한 상실과 특별한 슬픔을 통해 비로소 인생을 알고 성장하며 깊어진다는 사실을 놓쳐선 안 된다. 그리고 죽음을 먼저 생각하기보다 죽음을 넘어서는 노력을 먼저 해야 하지 않겠는가.

삶의 끈을 놓지 않는 노력 속에

인간의 위대함이 있지 않는가.

이렇게 중얼거리면서

나는 눈물을 닦고 있었다.

하루를
살더라도
후회 없이

잃어버린 것들

셸 실버스타인

머리통이 다 닳도록 지껄였고
꼬리가 빠질 듯이 일했고
눈알이 튀어나올 듯이 울었고
발이 떨어져나갈 듯이 걸었고
심장이 터질 듯이 노래했어
자, 보라고
내 몸에서 남아 있는 게 뭐가 있니?

세 번째 시집 『해질녘에 아픈 사람』을 출간했을 즈음이었다. 딸아이와 함께 백화점 입구로 들어서는데 화장품 가게에 서 있던 아가씨가 나에게 꾸벅, 인사를 했다. 그래서 나도 모르게 웃으면서 눈인사로 답을 했다. 우리나라도 프랑스에서처럼 사람과 마주쳤을 때마다 살짝 미소 짓는 따뜻한 풍토가 생기려나 보다 싶어 기분이 좋았다.

따뜻한 미소와 친절한 몸짓, 긍정적인 표정은 언제나 마음속에 감미롭고 생명력 있는 에너지를 샘솟게 한다. 그렇게 나는 늘 다짐한다. 나도 저런 따스한 미소를 보내 아름다운 에너지를 주자고. 감미로운 사람과 같은 이미지를 남겨야지, 하는 마음이 들었다. 백화점에서 일을 다 본 후 입구를 지나쳐 나가려는데, 또 그 아가씨가 인사를 해오기에 "절 아세요?"라고 물었다.

"따님하고 텔레비전에 나오셨잖아요. 시집도 샀어요. 백화점 친구들에게 선생님 오셨다고도 말했어요."

"쑥스럽네요. 아무튼 고맙습니다."

나를 알아보는 사람이 있구나, 하는 놀라움과 벌거벗은 채 나를 다 내보인 것 같은 부끄러움이 동시에 느껴졌다. 그 당시 한 방송사에서 이틀간 촬영했던 다큐멘터리 프로그램에 내 책에 관한 소개가 40분 동안 나갔는데, 인상 깊게 본 사람이 많았던 것 같다.

또 그 무렵 지인들과 식사 후 커피숍에 갔는데, 가게 직원 아가씨도 나를 알아보았다.

"아, 8년 만인가 7년 만인가, 시집 내셨다는 시인 아니세요? 따님 자전거에 태우고 다니신다는……."

이렇게 말하며 반가운 마음에 커피와 쿠키를 공짜로 갖다주었다. 처음엔 부끄럽고 숨고 싶었는데, 이젠 살다 보니 이런 즐거운 날도 오는구나 싶었다. 시집에 쏟아부었던 열정, 쓰고 싶어도 마음껏 쓸 수 없는 날들에 대한 안타까움, 혼자 아이를 키우며 달랬던 고단함이 일시에 날아가는 기분이었다. 그저 내 할 일을 했을 뿐인데, 누군가 내 작품을 알아봐주니 기뻤다. 내 이야기는 곧 다른 사람들의 삶과 같을 거라는 믿음으로 시를 쓰는 것뿐인데……. 누군가 위안을 받고 상처를 치유하며 인생이 바뀌기도 했다는 소리를 들으면 글 쓰는 보람이 배가된다. 누군가에게 좋은 영향을 준다는 보람이 있기에, 몸을 움츠렸다가도 다시 마음을 가다듬고 펜을 쥔다.

무슨 특별한 목적이 있는 것도 아닌데, 끝없이 움직이지 않으면 마음이 편치 않다. 물론 종종 쉬는 시간도 갖지만, 일에 대한 애착에서 자유로워지기가 쉽지 않다.

매일매일 손을 부지런히 움직이다 보면
손끝에서 싹이 트이고 꽃이 필 것 같고
즐거운 일이 생겨날 것만 같다.

더욱이 그 일로 나와 내 딸이 살아갈 먹이를 구하지 않는가. 그 밥벌이를 위한 노력으로 머리칼이 희끗희끗해지고 눈알이 빠질 것 같아도, 일을 손에서 놓을 수 없다.

미국인들이 사랑하는 시인이자 유머의 극치를 보여주는 셸 실버스타인의 시를 읊으며 나도 이렇게 말해본다.

"나, 심장이 터질 듯 노래했어.

자, 보라고.

내 몸에서 남아 있는 게 뭐가 있니?"

결국, 몸을 다 쓰고 사라지는 것이 삶이다.

아쉬움 없이 후회 없이 다 쓰고만 싶다.

이대로 세월이
멈췄으면
하지

봄날 강변

신동호

세월이 멈췄으면 하지 가끔은
멈춰진 세월 속에
풍경처럼 머물렀으면 하지 문득
세상이 생각보다
아름답다는 것을 느꼈을 때일 거야
세상에는 생각보다 아름다운 사람이
많다는 것을 느꼈을 때일 거야, 아마
예전에 미처 알지 못해서가 아니야
떠나온 곳으로 돌아가면 또다시
아름다움을 느끼기엔 너무나 빠른 세월이
기다리고 있다는 것을 알기 때문이야 분명
마음은 발걸음보다 항상 뒤처져 걷지만
봄날 강변에 앉아보면 알게 되지

머얼리 기차가 지나갈 때

눈부신 햇살 아래,

오래 전 정지된 세월의 자신은

얼마나 아름다웠던가 순간

기차는 굴속으로 사라져버리고

강변의 아름다움으로부터 자신은 떠나지만

변하지 않는 풍경으로 남아 있을 게야

마음의 지조처럼

여전히 기다릴 게야 오래도록

참으로 반듯하고 단정한 풍경이었다.

인천공항에서 출발해 독일 뮌헨 국제공항까지는 12시간 10분이 걸렸다. 구름 속을 헤집고 하늘을 나는 새의 마음이 이런 기분일까, 아니면 정신의 아득함일까. 나는 잠을 못 자 어지러우면서도 황홀했다. 언젠가 여행 중에 내 딸이 보여준 일기 속의 하늘이 보였다. 두툼한 구름이 피어오르고, 비행기가 날았다.

지금 나와 엄마는 비행기 안에 있다.

창에서 본 구름이 리듬표같다.

이건 수많은 리듬표다.

구름 때문에

심심하지 않아서 행복하다.

가만히 있으면 구름이 노래하는 것 같다.

그래서 구름만 보면 딸이 쓴 일기의 리듬표와 오버랩 된다. 구름이 있어 여행도 심심치 않다. 일상생활에서도 먼 하늘을 보면 살갑다. 그 즐거운 리듬표 같은 구름 덕분에…….

드디어 놀랍고 기쁜 곳, 여행 중간에 머무는 간이 공항에 도착했다. 쉬어가는 장소. 직항보다 때론 간이 공항에 들렀다 날아가는 코스는 별미다. 중간에 쉬어가므로 비행시간은 더 길어진다는 단점이 있으나, 티켓값이 싸다. 쉬어가며 더 먼 거리가 되는 단점은 또 다른 장점이다. 이 땅에 잠시 머무르기 위해 왔다는 진실을 다시 깨우치기 위해 간이 공항이 있는지도 모르겠다.

잠시 멈춰가는 자리, 간이 공항.
그렇다면 엄마들의 간이역은 어느 시간일까?
그리고 어느 장소일까?
내게는 언제 어느 장소일까도 더듬어보았다.

생각해보면 이렇게 여행을 다닐 때가 나만의 간이역을

세우는 때인 것 같다. 그리고 책을 볼 수 있는 장소는 어디든 내게 간이역이 되어주었다. 그곳에서 내가 좋아하는 음악이 흘러나오면 더없이 행복하겠지……. 그 자리, 그 시간에 내 인생도 쉬어가고 세월도 쉬어가면 좋겠다.

간이 공항처럼 세월도 잠시 쉬어가면
앞으로 나아갈 내일이 더 또렷이 보이고
뒤돌아본 시간들은 더 아름답고 아쉬울지 모른다.

그리고 신동호 시인의 시 「봄날 강변」 속 시구처럼 세상이 생각보다 아름답게 느껴질지도 모른다. 모든 예술은 음악이 되기를 꿈꾸는데, 이 시는 노래로 작곡되었다. 시인의 선한 심성이 비쳐 가슴 따스히 울렁거렸다. 시 속으로 나는 깊이 스며들었다. 시처럼 쉬어가는 공항에서 나는, 지나가고 앞으로 올 시간들을 헤아리며 유리창을 바라보았다. 눈이 편안해졌다.

험한 세상에서 딸을 키운다는 것

목숨살이

이시가키 린

먹지 않고는 살아갈 수 없다
밥을
푸성귀를
고기를
공기를
빛을
물을
부모를
형제를
스승을
돈도 마음도
먹지 않고는 살아올 수 없었다

부풀은 배를 안고
입을 닦으면
부엌에 흩어져 있는
당근꼬리
닭 뼈다귀
아버지의 창자
마흔 살 해질녘
내 눈에 처음으로 넘쳐흐르는 짐승의 눈물

엄마는 자식과의 정을 먹고 산다. 그렇게 엄마는 자식으로 인해 다시 태어난다. 내가 내 딸의 엄마가 됨으로써 어머니의 소중함을 느낀 만큼, 내 딸에 대한 애정은 날로 커지고 있다.

이따금씩 이렇게 묻는다.
'내 딸이 없었으면 어땠을까?'라고.

생각하기도 싫을 만큼, 내 피붙이가 있다는 사실이 이리도 다정하고 따뜻할 수 없다. 아이의 맑은 눈동자를 생각하면 가슴이 설렌다. 딸이 주는 경이로움이 이렇게 클지 처녀시절엔 미처 상상하지 못했다. 내 안의 씨앗이 어느새 자라 걷다니……. 직립 인간으로 성장하기까지 순간순간 맛보는 인생의 신비. 내겐 이 모든 순간이 하나의 기적이었다.

부모님 그늘에서의 가난은 진정 가난이 아니었다. 혼자 단칸방에 세 들어 살며 밥벌이하기가 얼마나 힘든지를 절감하면서, 비로소 가난의 의미가 스며들었다. 이시가키 린의 시 「목숨살이」처럼. 가족에 대한 그리움과 가난으로 인해 눈가에 넘치던 눈물을 기억한다.

이 '목숨살이'에서 빼놓을 수 없는 먹이가 두려움과 염려, 그리고 방어력이다. 두려움이 넘치면 공포가 되어 스스로를 잡아먹기도 하지만, 적당한 양의 두려움과 염려는 인생을 탄력 있게 만든다. 또 알맞은 방어력은 미리 불행을 피할 수 있게 도와준다.

이 험한 세상에 애를 낳아 뭐하나, 하는 비관주의자였던 나였기에 이 시가 더 남다르다. 물론 험한 세상에 대한 두려움과 염려는 지금도 크게 바뀌지 않았다.

페미니즘의 폭발을 일으킨
'강남 묻지마 살인 사건'부터
엽기적인 폭행과 감금에 경악을 금치 못했던
'부산 데이트 폭력 사건'까지,
딸 키우는 엄마 입장에선 생각만 해도 가슴이 서늘하다.

근래 1년 반 동안 데이트 폭력으로 죽은 여성이 150여 명 된다는 뉴스는 그야말로 충격이었다. 그래서 나 자신부터 딸 단속을 안 할 수가 없다.

그뿐만 아니다. 자살하는 사람의 몸에 깔려 죽는 경우처럼 얼마나 황당한 죽음도 많은지. 그래서 딸이 외출하거나 길을 걸을 때, 혹은 휴대폰을 들여다보며 걸을 때 꼭 이렇게 당부한다.

"앞뒤, 양옆, 하늘까지 다 살펴보고 다니렴. 이상한 사람들이 옆에 기웃거리면 꼭 사람이 많은 곳으로 가고. 밤늦게 다닐 때도 꼭 골목보다는 큰길로 다녀야 해. 아참, 위에서 사람이 떨어지지 않는가도 꼭 주의하고!"

"알았어. 정수리 위에도 안경 쓰고 다닐게. 알겠으니까 이제 그만해, 엄마."

이젠 딸이 어느 정도 스스로의 몸을 지킬 만큼 자라서 예전만큼 염려가 지나치진 않지만, 그래도 늘 걱정이 앞서고 마음 졸이는 게 딸 키우는 엄마의 마음이다. 내가 오죽 걱정을 했으면 주변 사람들이 "서윤이는 지옥에서도 살아남을 애야"라고 말하며 나를 안심시켰을까.

생각해보면 젊은 여자가, 그것도 딸과 둘이 살다 보니 나부터가 험한 기억을 많이 갖고 있어 유독 딸을 걱정하는 것 같다. 딸을 데리고 택시를 탈 때도 그랬다.

"따님도 아줌마도 예쁘시네."

내가 티셔츠를 입어서인지 나이가 몇 살이냐, 애 아빠는 뭐하냐고 묻기에 무심코 이혼했다는 말이 나왔다. 그러더니 자신의 이야기를 꺼내는 기사. 자기도 부인과 안 맞아 자주 다투었는데, 부인이 이혼을 요구했지만 들어주지 않았다고 했다. 자신이 외박을 해도 전화 한 통 안 온다면서.

자세한 얘기는 부담스러워 입을 다문 채 우리 아파트 옆 골목에 들어섰는데, 기사가 이상하게도 갈 생각을 않고 나를 바라보는 것이었다. 어떤 모멸감이 쓴물처럼 올라왔다.

여자들은 알 것이다.
이런 더러운 기분을.

고독과 정념에 허덕이는 듯한 눈빛이 순간 두려웠다. 너무 무서워서 택시에서 내린 후 아파트에 바로 들어가지도 못했다. 무거운 짐을 끌고 아이를 업은 채 사람이 다니는 큰 골목을 몇 바퀴 돌았다. 내가 사람들 속에서 사라지자, 그제야 택시도 사라졌다.

어린 날 딸이 아칫거리며 걷거나 재롱부리던 모습이 이토록 생생한데, 어느새 딸은 혼자서도 무엇이든 다 잘하는 나이가 되었다. 내가 모르는 딸의 시간들이 점점 늘어갈수록 홀가분한 마음만큼 걱정도 커진다.

내가 없는 곳에서 네가 울고 있으면

엄마는 어떻게 해야 할까.

엄마가 닿을 수 없는 곳에서도 딸이 늘 지금처럼 밝게 웃기를, 세상 모든 어둠이 우리의 딸들을 다 피해가기를 바라며 오늘도 딸의 연락을 기다려본다.

넌 그저
꽃처럼
피어나면 돼

열두 살이 모르는 입꼬리

강혜빈

숫자를 좋아하는 흰 토끼는 편지를 써오라고 했어
거짓말을 완벽하게 훔친 아이에게 내주는 특별 숙제
말랑말랑한 지우개 똥 연필 끝에 꾹꾹 뭉쳐
사랑하는 선생님, 저희가 잘못했대요.

시험지 위로 진눈깨비가 내리는 교실

무서운 이야긴 속으로 해야 더 무섭지
칠판이 두 쪽으로 갈라지고
그 속에서 모르는 아이가 빳빳한 채로 상장을 받고
종례가 끝나면 답장이 왔어
아니, 너희가 아니라 너지.

안으로 접힌 귀 토끼의 가장 단순한 장점
만져보고 싶어 3분의 1로 나뉜 귀
왜 우리들은 밋밋한 귓바퀴를 가졌지?
좀 더 수학적으로 생기질 못하고

어렴풋이 웃고 나면 어른에 가까워질까?
토끼의 진짜 얼굴은 손목에 새겨놔야겠어
기다리는 미술 시간은 오지 않는데

명치를 찌르면 실내화가 미끄러지는 마술
복도 끝과 끝이 어떻게 다른지 설명해봐
부풀어 오른 선생님, 시리도록 하얀.

뒷문에서 굴러 나오는 귀 두 짝
청소도구함에 숨은 눈알
창문에 붙은 천삼백일흔 개의 입 그리고 입

나는 토끼를 해부하는 상상을 했을 뿐인데요?
책상 밑에 숨어 지우개 똥만 뭉쳤는데요?

딸은 점점 수험생의 빡빡한 일상으로 접어들었다. 그렇게 바쁜 평일을 보내고 주말이 되면, 집으로 돌아와 마음을 내려놓았다.

그날도 딸은 집에서 쉬고 있었다. 따뜻해진 날씨에 창문을 열어놓으면 자동차 경적 소리와 까마귀 울음소리가 더 가까이 들려왔다. 딸은 그 소리를 잠재우듯 더 열렬하고 명쾌하게 나에게 말을 걸어왔다. 우리는 오랜만에 마주 앉아 이야기를 나누었다.

"엄마 참 무심했지, 그때."

자신이 고등학생인데도 엄마는 전혀 관심이 없다며 속상해하던 딸. 하지만 이제는 그럴 수 없다. 비로소 수험생의 엄마로 발을 내딛는 느낌이었다. 고등학생인 딸의 절박한 현실을 진지하게 들어주었다.

"그러니까, 내신으로
인생의 등급이나 계급이 나뉜다는 거지."

다시 까마귀 소리가 들렸고, 덜 잠근 수도에서 물이 똑똑 떨어졌다. 나는 물을 잠그며 딸에게 "어째서?" 하고 물었다. 딸이 웃는 미소에서는 싱그러운 프리지어 향기가 났다. 희미하고 엷게 퍼져가는 물결처럼 은은하게 흔들렸다.

가장 싱그러운 나이 열일곱.
그런 딸의 입에서
어두운 한국 교육의 현실이 흘러나왔다.

"답이 없어. 고등학생들의 삶을 봐. 야간 자율학습까지 14시간 수업에, 집에 가면 과제도 해야지. 쉴 시간이 없어. 시험문제 스물다섯 개로 등급이 나뉜다니. 생활기록부 서류를 충실히 채우기 위해 학교생활 대회도 참여하고 상도 받아야 하고, 아프지도 말아야 하고, 출석도 깨끗이 해야 해. 당연히 가고 싶은 학과에 진로까지 깔끔히 정리해놔야지. 중간에 진로를 바꿔서도 안 돼. '운동선수 되고 싶었어요. 하지만 이제 문학하고 싶어요' 이딴 소리 절대 하면 안 돼. 이런 게 안 받아들여지는 나라야. 우리가 얼마나 살았다고, 뭘 경험해봤다고 진로를 결정하래? 빡빡해 죽겠는데. 세상에, 그 와중에 독서도 하래. 전공과목과 연결되는 도서로 다섯 가지 이상 읽어두는 게 좋대. 제대로 된 독후감과 자기 견해가 충실히 담긴 독서기록장이 없으면 생활기록부에 작성도 안 해줘. 과목에 따라 수행 평가 어떻게 했는지도 보고, 봉사 활동도 하래. 나 한 달에 한 번씩 두세 시간 봉사 활동도 꾸준히 해. 대학생들은 봉사 정신도 투철한가 봐? 심지어 동아리 활동도 하네. 어휴, 나는 이 대학에 준비된 인재임을 보여줘야 한다니."

듣기만 해도 숨이 막힐 지경이었다. 그전까지 나는 이정도로 학교 교육이 아이들의 목을 죄고 있는 줄 몰랐다.

엄마로서 이제야 내 딸에 관심을 가졌을 만큼 일에 쫓겨 살았다니, 내 삶을 다시 돌아보았다. 아무리 생각해도 딸아이 공부까지 일일이 체크할 만큼 여력이 없었음이 가슴 아팠다. 생계에 쫓겨 학교에서 부르는 공개 수업도 못 갈 형편이었다. 열린 창문 사이로 다시 까마귀 소리가 울려왔다.

새들까지 소리를 지르니 정신이 없었다. 나는 딸아이에게 네가 바라는 교육이 어떠하면 좋겠느냐고 물었다.

"일단 점수 체제를 버려야지. 점수 하나만으로 애들을 평가한다는 게 문제야. 그중 젤 큰 문제는 수행 평가지. 하루 한 시간, 한 문제에 애들 인생이 갈라진다는 거야. 프린트 한 장 안 가져오면 1점이 깎이는데, 시험 문제가 3점이라고 치면 타격이 큰 거야. 요즘 전교 1등은 공부만 잘해선 안 돼. 출석도 깔끔해야 하고, 봉사 활동도 1년에 20시간은 채워야 하지."

우리 어른들이
아직 자라고 있는 아이들에게
너무 완벽한 인간을 기대하고 있는 건 아닐까.

창밖으로 내리쬐는 햇빛은 끝없이 밝은데
너희들 마음은 밝을 수 없을 만치
힘들고 숨 막히는 구나.

그럼 엄마가 뭘 해줘야 하냐고 물었다. 딸의 대답을 듣고 나는 헛웃음이 나왔다.

"엄마가 말하지 않아도 잘하고 있으니
군이 애쓰지 않아도 돼."

문득 20대 시인 강혜빈이 쓴 「열두 살이 모르는 입꼬리」가 떠올랐다. 이 시는 학교를 배경으로 폭력에 관한 이야기를 쓴 시인데, 학교라는 틀 안에서 느꼈던 감정들을 썼다고 했다. 아마도 선생님의 폭력에 대한 기억을 갖고 있었나 보다. 때려도 당연하게 알던 학창 시절, '시험지 위로 진눈깨비가 내리는 교실'에 대한 기억들을 담은 시가 흥미롭다. 좀 더 수학적으로 생겼다면 더 잘 지낼 수 있지 않았을까, 라는 대목이 많은 생각을 하게 한다. 딸과 10년 정도 차이 나는 시인의 상황과, 또 요즘과는 많이 달라진 듯하다. 단지 10년일 뿐인데……. 나는 딸에게 선생님의 폭력은 없느냐고 물었다.

"요즘은 선생님이 애들한테 폭력적으로 대하기는 힘들지. 오히려 애들한테 조금만 뭐라 해도 엄마들이 선생 물어뜯고 달려들지. 선생님은 훈계도 할 수 없고, 한마디만 잘못 해도 교육청에서 뭔가가 날아오니까."

학교 선생도 참 어렵겠구나, 한숨이 나왔다. 때마침 창문 사이로 참새 소리가 들려왔다. 나는 딸에게, 그럼 학교에선 어떤 폭력이 있느냐고 물었다.

“음, 친하게 지내던 애들이 있는데 그중 한 명만 빼고 그룹이 만들어지면 그 한 명이 자연스럽게 나가. 눈치로 이루어지는 폭력이지. 나대어서 소외당하고, 또 애들은 욕하고. 아무튼 또라이 같은 행동을 하면 아웃이야. 고등학교는 삭막해. 어른들은 착각하고 있어. 고등학생들이 선거권을 달라는 이유가, 너무 힘드니까 대통령과 국회의원을 직접 뽑겠다는 거야. 공부 잘하는 애들한테 물어보면 투표권 따위 관심 없다고 말할 걸? 청소년들의 삶을 바꾸겠다고 주장하고 관심 갖는 애들 40퍼센트 정도는 중상위권 애들일 거야. 참, 이제 선생님을 사람으로 보는 애들도 거의 없을 걸?”

“그럼 뭐로 보는데?”

“시험 문제 알려주는 사람, 시험 내는 사람? 과세특(과목세부특별사항)에 써줄 사람?”

하하하, 웃었지만 생각보다 심각한 현실에 발이 떼어지지 않았다. 까마귀도 자신의 삶을 바꾸겠다고 우는 듯이 느껴졌다. 선생님은 선생님대로, 애들은 애들대로 주어진 인생이 너무나 무거울 것이다.

가장 예쁘고 찬란한 열일곱 살의 딸. 나도 잘 몰랐던 딸의 재미있는 어투에 요즘 청소년들의 스타일도 생생히 느낄 수 있었다.

그래, 우리 어른들도 허덕이며 사는데
한참 밝게 놀아야 할 너희는
얼마나 더 힘이 들까.

그래도 딸은 엄마에게만큼은 미소를 지어 보였다.
다시 싱그러운 프리지어 향기가 났다.

나는
너와
닿고 싶어

강가에 내려간 적이 있다

조원규

물 냄새를 맡고 싶어
좁은 계단으로 강가에 내려간 적이 있다

휘어진 모래톱
부드러운 변방에 서서
눈을 감고 냄새를 맡았지만

물가에선 또 다른 냄새가 그리워
어디로 더 가야 하지

다리도 계단도 없을 곳이라면,
아득히 귀를 열고 선 내게

흘러드는 물은 멀어지는 물살은
날더러 기슭이라고 그토록

어디든 닿고 싶어서

지금 나는 부지런하고도 고뇌 깊은 조원규 시인의 시집 『난간』을 읽고 있다. 담백한 듯 뜨겁고 고요한 듯 따스한 울음이 담긴 시를 보면서 떠오른 생각은

우리는 늘 어딘가에
닿고 싶어 한다는 것.

닿아야만 우리는 숨 쉴 수 있고 살아갈 수 있다. 휴대폰이 없으면 불안한 것도 이와 같은 이치다. 요즘은 휴대폰이 닿고자 하는 욕망을 해결하는 데에 가장 귀한 물건이 되었다. SNS를 열어 소식을 확인하고, 또 전화를 건다는 것. 이 모든 게 누군가와 닿는 일이며 사랑하는 일이다.

어느 토요일, 딸이 기숙사에서 집으로 돌아와서는 오후

5시가 되도록 방에서 나오질 않자 문을 두드렸다. 그제야 긴 머리칼을 쓸어 올리며 나를 쳐다본 딸을 보니, 영 힘이 없어 보였다. 어디가 아프냐고 물었더니 사춘기 딸은 푹 잠긴 목소리로 이렇게 말했다.

"웬일이야. 늘 바쁜 엄마가 나 아프냐고 물어볼 시간도 다 있고?"

"미안해. 시간을 내서 우리 딸 이야기 좀 들으려고 하지."

멋쩍기도 하고 미안하기도 해서 딸에게 같이 저녁을 먹으러 나가자고 했다. 단골 고깃집에 가서 가브리살 3인분을 시켰다. 지글지글 구워지는 고기와 매캐한 연기 속에서 딸과 나는 이야기를 나누었다. 그러면서 딸이 친구들에게 질투와 시샘을 받고 이간질당하는 것에 대해 고민하고 있음을 알게 되었다.

"그 녀석이 나에게만 이상하게 대해.
벌써 네 달째야."

네 달째나 같은 그룹에 있는 친구 때문에 고민하고 있다니……. 나이가 들면 이런 고민들의 무게가 좀 덜해지긴 한다. 어쩌면 나이가 든다는 건 인간관계에 대한 고민의 폭과 무게가 가벼워진다는 것 아니겠는가. 그만큼 자신의 고독감을 더 깊이 느낄 수도 있겠지. 나는 미소를 지으며 딸에게 이렇게 말했다.

"어른이 되면 인간관계 문제에 있어 조금은 편해지니까 좋아. 하지만 다들 생활이 고단하니까 누군가의 말에 귀 기울이기 힘들어. 그 애는 분명 관심 받고 싶어서 그랬을 거야. 여기저기 사람들과 다 닿고 싶어서. 욕심이 많은 것일 수도 있고, 너무 외로워서 그랬을 수도 있지."

"그 애가 욕심이 많긴 해. 닿고 싶다는 건 다른 말로 사랑받고 싶다는 말일까?"

"그렇지."

닿지 못하면 하염없이 헤매고 스스로 아파지니까. 단 한 명이라도 제대로 마음이 닿아 서로 교감하면, 안심도 되고 일도 순조롭게 잘 흘러간다. 사람 사이는 딱 표현한 만큼만 사랑이고 애정이더라. 그래서 나이를 떠나 나와 친구가 되어준 사람들이 고맙고, 늘 잘해야지 하고 마음먹곤 한다. 사람들과 따스히 닿지 못하면 살아 있는 느낌마저 없어지고 마니까.

몇 년 전에 읽은 우정에 관한 책에서 '좋은 친구 만들기 10계명'이라는 구절을 인상 깊게 읽고, 메모장에 적어둔 적이 있었다.

첫째, 우선 자기 자신을 사랑하라

둘째, 상대의 입장이 되어 생각하라

셋째, 가까울수록 예의를 갖춰라

넷째, 사랑을 얻으려면 자존심을 버려라

다섯째, 적게 말하고 많이 들어라

여섯째, 말과 행동을 일치시켜라

일곱째, 겸손하되 자신의 뜻을 분명히 밝혀라

여덟째, 완벽한 사람이 아니라 솔직한 사람이 돼라

아홉째, 상대의 장점을 먼저 칭찬하고
그다음 단점을 지적하라

열째, 원하지 않는 사람과 억지로 사귀려고 애쓰지 마라

좋은 사람과 닿기 위해서는 내가 먼저 좋은 사람이 되어야 한다는 것, 말을 바꾸지 말고 약속을 잘 지켜야 한다는 것, 내 이야기보다 상대방의 말을 더 많이 들어주는 것. 이것들은 좋은 관계 만들기의 열쇠가 될 수 있다. 문득 딸에게도 이 10계명을 보여줘야겠다고 생각했다.

예전에 읽은 피에르 쌍소의 에세이 『느리게 산다는 것의 의미』에서 아주 깊이 가슴에 와 박히는 말이 있었다. 누군가의 이야기를 '들어준다'는 행위는 타인을 위로하는 것 이상의 의미를 갖는다는 말이었다. 친구가 내 이야기를 들어줄 때의 느낌을 어쩜 이리도 정확하게 통찰했나 싶어 놀라웠다.

내 이야기를 들어주는 건 사람뿐만이 아니다.
밖을 나섰을 때 풍경도, 날씨도
나의 말을 들어주는 귀한 친구다.

나와 딸, 딸의 친구들 그 누구라도 아름다운 친구가 되어야 하는데 쉽지가 않다. 이 또한 학습이라 애써 몸에 배이게 해야 한다. 그렇게 습관이 되어야 내게, 그리고 주변 사람들에게 좋은 기운을 전할 수 있으리라.

서로의
바깥이 되어주는
사랑

밤눈

김광규

겨울밤
노천역에서
전동차를 기다리며 우리는
서로의 집이 되고 싶었다
안으로 들어가
온갖 부끄러움 감출 수 있는
따스한 방이 되고 싶었다
눈이 내려도
바람이 불어도
날이 밝을 때까지 우리는
서로의 바깥이 되고 싶었다

완전한 싱글맘이 된 지 14년이 되었다. 지금은 혼자 생활에 익숙해져서 예전만큼 외로움을 많이 타지 않는다. 아니, 그 외로움이라는 감정의 운전을 이제는 그럭저럭 잘하게 된 것 같다. 하지만 나도 남편이 있으면 좋겠다, 라는 마음. 이것만큼은 잘 버려지지 않는다. 이런 푸념을 늘어놓으면 내 후배는 이렇게 말한다.

"시도 때도 없이 친구 데려오는 남편이 밉고 싫지만,
티내지 않고 챙겨줘야 해. 이게 결혼이야, 언니.
혼자 사는 것도 괜찮아. 결혼도 해봤잖아.
얼마나 홀가분해."

자기 입장에서 말하기에 상대방의 마음을 다 헤아릴 순 없었을 게다. 우리 엄마는 늘 입버릇처럼 나를 걱정하셨다.

어려서부터 잔병치레가 많아 골골댔고, 낯가림도 심해 사회성도 모자랐다. 실패를 많이 해본 탓인지 오래도록 불면증으로 고생한 것까지 치면 나는 많은 세월 동안 엄마에게 민폐를 끼친 자식이었다.

특히 내가 짝 없이 혼자 사는 걸 늘 걸려하셨다. 지금도 어두운 방 안 창밖의 희미한 불빛처럼, 엄마의 걱정 섞인 목소리가 가느다랗게 들려오는 것 같다.

"네가 혼자서 딸과 어찌 살아낼까
늘 걱정이다."

그러고 보면 역시 자기 짝을 만나 안정감 있게 사는 것이 부모님에게 할 수 있는 가장 큰 효도임은 분명하다. 내가 엄마가 되어 커가는 딸을 보면서도 깊이 공감하는 부분이다. 딸이 부와 명예를 얻는 것보다, 좋은 배우자를 만나 평범하고 행복하게 살기를 바란다.

재미있는 상상이지만, 나는 딸이 먼저 남자친구가 생길지 내가 먼저 생길지 궁금할 때가 있다. 얼마 전 딸과 통화를 하며 이렇게 물었다.

"방탄소년단이 여태 좋아? 대체 왜 좋아?"

"말하자면 세 시간 걸려서 안 돼."

"아니, 어디가 그리 좋으냐고."

"다 좋아."

방탄소년단 앨범이 나오면 새벽부터 줄을 서서 사고야 마는 딸이다. 따라가지 못하는 나는 그 모습을 그냥 떠올릴 뿐이다. 그래, 나에게도 저런 시절이 있었지. 나의 청소년 시절과 비교해보며 딸에게 묻곤 한다. 방탄소년단이 왜 좋으냐고. 물론 나도 좋아하긴 한다. 신선하고, 그 나이가 가진 열정의 엑기스를 뿜어대니까. 나는 다시 딸에게 물었다.

"그렇게 좋으면 결혼하지?"

"초등학생 20만 명이 좋아해.
경쟁자가 너무 많아. 힘들어."

딸의 대답을 듣고 막 웃었다. 귀엽기도 하고, 더없이 순정한 사랑스러움 때문에. 어른이 되면 닳아지고 헤져 순수함이 찌는 살만큼 둔탁해지고 만다. 그때 조금은 피로한 목소리로 딸이 이렇게 말했다.

"방탄소년단이 가진 자기 일에 대한 프로페셔널한 모습에 소녀들이 열광하는 거지. 물론 나도 그렇고. 사상이 통하지 않으면 결혼은 힘들잖아. 나는 하느님 믿는 사람과 결혼하고 싶어. 엄마도 인정?"

"응, 인정."

딸이 말한 '서로 사상이 통해야 한다'는
꽤 어른스러운 말에 나는 잠잠히 감동했다.

나든 딸이든, 김광규 시인의 아름다운 시처럼 서로의 집이 되고, 온갖 부끄러움을 감출 수 있는 따스한 방이 되고, 어떤 일이 있더라도 서로의 바깥이 되면 얼마나 좋을까 생각했다. 김광규 시인은 내가 대학에 다닐 때 「묘비명」이라는 멋진 시를 읽고, 또박또박 수첩에 적어두고, 가슴에 새기게 만든 시인이기도 하다.

이제는 혼자 사는 이들이 많아졌다. 각자의 처지대로 적응하며 재미있게, 외롭지 않게 사는 방법을 찾을 수밖에 없다. 자꾸만 독신자들이 늘어나는 이유는 누군가와 만나고 헤어짐을 되풀이하고 싶지 않다는 심정이 크기 때문이라 생각된다.

어떻게 살든 행복하면 된다.
스스로 만족하고, 성장하고,
생의 목적을 분명히 하고,
보람을 느끼면 좋겠다.

별것 아닌 이런 이야기로 서로 키득키득 웃는 동안, 우리 모녀 사이에는 웃는 정이 생겨버렸다. 어느 날 즉흥적으로 여행을 가든지, 아니면 어질러진 거실 바닥에 누워 날이 저물도록 딸과 수다를 떨고 싶기도 하다.

엄마가 되고 나서야 비로소

엄마의 사랑이 얼마나 깊고 너그러웠나를 깨닫는다.

나는 엄마가 제대로 이해받기를 원한다.

엄마도 여자였고, 예쁘고 뜨겁던 청춘이 있었고,

꿈이 있었다는 것을.

엄마,
곁에 계실 때
더
잘해드릴걸

사랑하라,
사랑할 수 있는 한

봄 편지

☾

윤석정

느닷없이 배달된 상자를 풀어보니
텃밭에서 자란 봄이 옹기종기
내게 반질반질한 연둣빛 편지를 내밀었다
편지 한 움큼 들어 올리니
상자에 동봉된 어머니 얼굴이 나왔다

텃밭에 무더기로 봄이 왔다고
감정을 드러내지 않고
한 글자의 퇴고도 없이
어머니는 빼곡하게 편지를 썼다
반나절 이렇게 편지만 썼을 것이다

통화 몇 초로 전할 수 없던 봄
내가 인연에게 밤새 편지를 쓴다한들
내 언어로는 완연한 봄을 쓸 수 없다

지금쯤 어머니는 텃밭에 글자들을 심어두고
여름편지를 쓸 준비에 바쁠 것이다
그렇게 봄날은 간다고 주근깨 같은 글자들이
봄볕에 그을린 어머니 얼굴에 박혀 있을 것이다

눈시울이 뜨겁도록 봄 풍경이 예뻤다. 이 어여쁨을 사랑하는 이들에게 전하고 싶어 가슴이 아프다. 피부도 늙고, 허리도 굽어버린 부모님 가슴은 어떠할까.

언젠가 정신과 의사인 남동생에게 왜 시골 노인들이 정신과 치료를 받느냐고 물은 적이 있었다. 동생은 이렇게 대답했다.

"자식들이 그리워도 만날 수 없고,
자주 연락이 없어 마음에 병이 들어서."

부모님들은 머리맡에 전화기를 두고 잠드신단다. 언제라도 아들딸의 전화를 놓치지 않으려고. 하루 5분의 짧은 통화로도 일주일이 행복해질 엄마들의 모습을 그려본다. 시에서 반나절 내내 썼을 엄마의 편지는 시인을 울렸고, 나와 독자들을 울렸다. '주근깨 같은 글자들'이라는 매력적인 비유가 마음에 박혀 보석이 되는 순간, 나도 문득 엄마가 그리워졌다.

어디에도 엄마는 없고,
엄마라는 말만
봄바람에 떠다닌다.

병원에 입원해 계신 지 반년이 넘었을 때였다.
몸이 많이 아파서 거동도 못하시는 우리 엄마.
나는 엄마를 일으켜 세우려고 거의 매일 전화를 했다.

"엄마, 보고 싶어 전화했어."
"그래, 고맙다."
"오늘 엄마 주려고 예쁜 치마 샀어. 운동도 하고 밥이랑 약도 잘 챙겨 먹고, 씩씩하게 보내야 돼. 엄마 오래 살아야 돼. 우리 자식들이 얼마나 엄마를 사랑하는 줄 알지? 엄마, 사랑해."

사랑해, 라는 말이 끝나자 가슴이 벅찼다. 잃어버릴까 두려워 터져 나온 '엄마'라는 말. 천 번을 부르고 천 번을 사랑한다고 외쳐도 부족했다. 먼 바다를 바라볼 때처럼 현기증이 났다. 눈이 내릴 것만 같았다. 흰 알약 같은 눈이.

한쪽 눈을 실명한 엄마의 눈과 마음에 흰 눈이 내리고, 엄마를 휘감았던 지독한 병의 독이 모두 씻어 내리길 바랐다. 생계를 짊어진 자의 희망의 독, 외로움의 독, 삼팔선 너머 생사 모를 동생들을 그리워한 이산의 독까지…….

하루하루가 더욱 간절하고
가슴 저릿했던 시간들 속에서의
애절했던 그 통화.

우리가 꿈꾸는 행복 속에는 '사랑해'라는 단어가 있다. 가장 유치하지만 가장 아름다운 말이다. 그 솔직하고 아름다운 말을 왜 그리 생략하면서 사는지.

엄마에게 '사랑해'라는 말을 매일 하며 살아도 아쉬운 인생이다. 주말이면 친구나 애인과 놀러 갈 궁리는 하면서, 휴대폰 한 번 눌러 부모님 안부 인사하는 데에는 왜 그리도 야박한지.

애인에게는 수도 없이 하는 그 말,

엄마에게는 얼마나 자주 할까?

마음은 그렇지 않은데 쑥스러워서 못하겠다는 사람도 많다. 입으로 자꾸 되뇌다 보면 처음에는 힘들어도 잘하게 된다. 말하면서 더 사랑하는 마음이 생기기도 한다.

내일 어떻게 될지 모르는 인생,
지금이 아니면 언제 전화로 사랑의 인사를 건넬 것인가.
서로 잊지 않고 사랑하고 있음을 언제 전할 것인가.

힘겨운 인생살이, 어서어서 푸근한 미소와 따스한 사랑의 인사를 전하고 싶어 아버지에게 전화를 걸었다. 통화는 되지 않았다. 잠시 지혜를 담은 요한 볼프강 괴테의 『파우스트』 속 대사를 떠올렸다.

"성장하는 인간은 언제나 고맙게 여깁니다."

표현하지 않는 애정은 애정이 아니더라. 표현의 때를 놓치면 영영 기회를 잃을 수도 있더라. 사랑한다는 것은 상대

의 결점을 받아들이고 인정하는 것, 대수롭지 않게 여기고 뒤로 넘기는 것이다.

부부 사이든 부모 자식 간이든 상대를 불쌍하게 생각하면 평생 다툼 없이 따사롭게 살 수 있다. 그렇게 연민을 가지고 솔직해지기. 사랑은 서로 솔직함과 정직함에서 피어나는 꽃이다. 또 서운할 때 투덜대고 싶더라도 계속 칭찬을 잊지 말아야 한다. 칭찬은 용기를 주며 쓸모 있는 존재임을 알려준다. 매번 그 사람을 다시 살게 하는 힘이 된다.

자식이 먼저 던지는 사랑의 인사는 엄마의 인생에 큰 용기가 된다. 가족에게, 친구에게, 연인에게, 혹은 이웃에게 정성을 다해 마음을 전하는 일.

특히 엄마에게 마음을 전하는 일은
소소하지만 신비롭고 황홀한 기적이다.

새로운 활기와 새로운 기쁨이 환한 날개를 달고,
엄마와 당신의 삶을 가뿐히 날아오르게 할 것이다.

두근두근 엄마의 꿈

윤중목

처음으로 여인의 벗은 몸을 만졌을 때처럼
처음으로 파도치는 바다를 보았을 때처럼
처음으로 백범일지를 읽었을 때처럼

다시금 심장의 고동소리가 듣고 싶다
매 순간 두근대고 살고 싶다

풀은 풀대로, 나무는 나무대로, 바람은 바람대로 저마다 애쓰고 있다. 꿈꾸고, 숨 쉬고, 흐느끼는 충실함으로. 저마다 후회나 한 맺힘 없이 꿈을 이루려 몸부림치고 있다. 그것은 인간미 넘치는 윤중목 시인의 시구처럼 가슴 두근대며 살고 싶어서가 아닐까. 뜨겁게 살아 있다는 느낌을 간직하고 싶은 그런 거.

이불 속에서 곤히 잠들어 있다가 휴대폰 벨소리에 눈을 떴다. 얇은 커튼 사이로 햇살이 비쳐 들어와 어두운 방을 밝혔다. 휴대폰을 열어 누구의 연락이 왔나 살펴보았다. 아침에 친한 지인에게 받은 메시지였다.

"인생? 열심히 살다가, 발버둥 치다가 가는 거지. 또 그게 아름다운 거야. 없는 가운데에서도 행복을 느낀다면 더 이상 바랄 게 없지."

만사를 긍정적으로 생각하며 꾸준히 인생을 탐구하는 그녀와의 대화는 늘 즐겁다. 그 말이 맞다.

인생,
열심히 살다가, 발버둥 치다가 가는 것.
그것이 아름다운 것.

강의를 나가던 평생교육원에서 알게 된 분이 있었다. 그때 학생들은 20대부터 50대까지 연령대가 다양했는데, 주로 때를 놓쳐 뒤늦게 공부하러 온 분들이었다. 대부분 낮에는 직장 생활을 하거나 살림을 했는데, 힘들 텐데도 결석 한 번 않고 저녁 수업에 꼬박꼬박 참석하는 모습을 보며 존경심마저 들었다. 배움에는 나이가 없음을 학생들을 가르치면서 또 한 번 배웠다. 저마다 오래된 꿈이 있으리라. 그러나 살림과 자식 양육, 심지어 생계까지 도맡아 하느라 꿈을 포기한 엄마들이 얼마나 많을까. 자식이라면 그 꿈을 풀어드려야 하지 않을까.

그때 내 강의를 듣던 한 친구의 이야기가 떠올랐다. 어느 날 그 친구가 엄마에게 요즘 뭐 해보고 싶은 것 없느냐고 물었더니 엄마가 이렇게 대답했다는 것이다.

"내가 여중 시절에 예술인이 되고 싶었잖아. 남들 앞에서 노래 부르고 악기도 연주하고. 국악 하는 선배들이 사물놀이 하는 모습이 참 멋져 보였는데."

늘 마음에 품어온 사람처럼 고민할 새도 없이 바로 대답하는 엄마의 모습에 그 친구는 마음이 아렸다고 했다. 엄마의 꿈을 이루시라고, 마음에 한이 남지 않도록 문화센터 국악반에 등록을 해드렸다. 엄마는 수강증을 받으신 후 괜한 짓을 했다며 거절하셨지만, 이후 가족들의 계속된 권유로 장구를 배우러 다니셨다고 했다. 그런 뒤 사느라 바빠 그 친구와 어머니 일을 까맣게 잊고 지냈다. 그러던 어느 봄날, 그 친구의 언니에게서 연락이 왔다.

"엄마가 공연하신댄다."
"응? 무슨 공연?"
"그 장구, 우리가 끊어드린 국악반에서 공연을 한대."

공연 당일, 그녀는 엄마의 첫 공연을 큰 기대 없이 보러 갔다. 그런데 한복을 곱게 차려입은 엄마의 모습이 그동안 애나 돌보던 할머니라고는 믿기지 않을 정도였다. 울고 칭얼대던 손자들과, 따뜻하게 감싸주는 것 없이 투덜거리기만 하던 남편 옆에서 살림을 하며 그 오랜 세월을 잘 살아오신 엄마가 자랑스럽고 아름다웠다. 엄마는 오랫동안 가슴속에 숨겨둔 열정을 무대에서 모두 발산하시고는, 감격과 칭찬에 겨워 눈물을 흘리셨다.

"딸들 덕분에 내 꿈을 이루었구나. 참 고맙다."

친구는 그동안 엄마 꿈을 살피지 못한 것에 미안함을 느꼈다. 늦은 나이에 꿈을 이루신 엄마에 대해 자랑스러움과 존경심이 들어 이렇게 칭찬의 말을 건넸다.

"엄마는 세상에서 가장 멋진 여자예요. 파이팅!"

누구나 자신만의 꿈을 하나씩 갖고 있을 것이다. 부모로서 자식을 키우는 일 외에 자기 꿈을 한번 펼쳐보는 것이 인생 최고의 희망일 텐데……. 갑자기 한숨이 새어 나온다. 만나는 사람들에게 꿈이 무엇이냐고 물어보면서도, 정작 우리 엄마에게는 묻지 못했다.

분명 엄마에게도

빛나는 꿈이 있었을 텐데.

엄마 꿈은 무엇이냐고 한번 여쭤보지도 못했으니, 딸로서 불효막심하다고 생각했다. 엄마 몸이 무겁고 기분이 처진 듯이 보였을 때 엄마 좀 쉬세요, 라고 몇 번이나 말해봤을까. 엄마가 없어지고 난 뒤에야 깨닫는 이런 진실을 어찌 다 말로 표현할까. 그래서 더 절실하게 느끼는 것일지도 모르겠다.

살림만이 아니라 생계 문제에 시달리느라 엄마의 꿈을 살려드리지 못한 게 늘 가슴 아프다. 엄마도 가슴 두근대는 뜨거움을 안고 싶으셨을 텐데. 누구든 꿈을 이루지 못한 후회와 한을 가슴에 남겨서는 안 될 것이다. 지금이라도 엄마가 오랜 꿈을 마음에 담아두지 말고 풀 수 있도록 용기를 북돋아주기 바란다.

"다 늙은 내가 이제 와서 무얼 하겠니. 됐다, 됐어."

아마 엄마들은 이렇게 말하겠지. 물론 망설임도 클 것이다. 그래도 꼭 관심을 기울여보라. 엄마의 손을 따뜻하게 잡고서 이렇게 말해보라.

"엄마 나이가 어때서.
뭐든 할 수 있어.
내가 든든한 지원자가 되어줄게.
엄마 꿈을 이루게 뭐든 해드릴게."

예쁜 미소
지켜드릴걸

구찌베니

권미강

색동치마에 반짝이 스웨터 입은
엄마의 아침 마무리는 구찌베니였다.
자식들 먹여 살리려 장사한다며
앉은뱅이 거울 앞으로 입 내밀고
구찌베니를 빨갛게 돌리는 엄마

오미자보다 더 붉은 입술을
오므렸다 폈다 환하게 웃는 엄마는
가게 천장을 울리는 큰 목청으로 흥정하고
노을이 질 때까지 뱉어낸 붉은 구찌베니

저녁 밥상 콩나물이 되고 조기구이가 되고
돼지고기 넣은 김치찌개가 되는 구찌베니
우리들도 입술을 오므렸다 펴며
배부른 웃음을 흘렸다.

유년의 장날은

온통 구찌베니향으로 가득 찼다.

딸 방을 치우려고 들어갔다.

우리 때는 자기 방 정도는 자신이 알아서 치웠는데, 요즘 애들은 정말 엄마가 치워줄 때까지 어지러뜨리기 대회라도 나갈 듯이 방을 안 치우고 산다. 이것이 내가 바빠서 못 치우고 살다 보니 그대로 빼닮았구나, 라고 인정할 수밖에 없었다.

맥이 빠지고 슬퍼진다. 그래도 굳세어라 엄마야, 하며 방바닥에 다 마시고 난 생수통부터 치워나갔다. 그러다가 책상 위에 물건 하나를 보고 '저게 뭐지?' 하며 가까이 가서 살펴보았다. 빨간색 인주인가 했는데, 인주 케이스 같은 작고 둥근 플라스틱 통에 빨간 립스틱이 담겨 있었다. 그 뒤로 바닥까지 박박 긁고 남은 '로레알 518호'라고 쓰인 립스틱 케이스와 뚜껑이 쓰러져 있었다.

문득 밥솥이 뚫리도록 박박 긁어 누룽지까지 끓여 먹던 어린 날이 기억났다. 그래도 딸이 보통 가격의 품질 좋은 제품을 사서 쓰는구나, 싶어 다행이었다. 립스틱 살 돈이 없어 찌꺼기까지 긁어모아 예쁜 모습으로 가꾸려 했구나, 내가 부지런히 일해서 립스틱만큼은 떨어지지 않게 사줘야지 하고 마음을 다졌다.

딸이 고등학교 1학년이었을 때,

립스틱 바르는 모습을 보고 소리를 지른 적이 있었다.

"뭐가 급해서 벌써 화장이니? 나중에 얼굴 겉늙어서 후회하려고!"

"엄마는 뭘 몰라. 다른 애들은 나보다 2~3년 먼저 하고 다녔어. 예쁘게 보이면 기분 좋잖아."

여자들이 화장하는 게 '자발적 고문'이라던 어떤 작가의 작품이 기억나면서, "예쁘게 보이면 기분 좋잖아"라는 딸의 말에 멈칫했다.

사랑하는 이들의 한마디는 크게 다가온다.

자식의 한마디는 엄마의 가슴을 칠 때가 있다.

'그래, 그래.
다 예쁘게 보이려고, 기분 좋으려고
립스틱을 바르고 화장을 하는 거겠지.'

속으로 중얼거렸다. 그러고는 몰래 엄마 립스틱을 훔쳐 바르고 누군가 볼까 겁을 냈던 내 청소년 시절보다는 차라리 낫다는 생각이 들었다. 솔직하게 자신이 하고픈 대로 하고 살아라, 마음을 내려놓으니 편안해졌다.

문득 돌아가신 엄마 생각이 났다.

가끔 예쁘고 좋은 옷을 보면
엄마가 지금 살아계시면
얼마나 좋을까 생각한다.

저 옷을 사드렸을 텐데, 하는 마음이 일렁인다. 특히 화장품 가게에 가서 고급 화장품을 보거나 라벤더 향기가 나는 향수를 뿌려보며 엄마의 향기에 젖어보곤 한다. 약사였던 엄마는 집 밖에 나가지도 못할 만큼 늘 손님치레를 하느라 바빴다. 슈퍼우먼을 강요당한, 그 시절 어머니들의 대표적인 삶이었다.

엄마의 화장품 케이스를 살피면, 오래되어 짓무른 냄새가 나는 립스틱이 서너 개는 되었다. 그저 남편과 자식 뒷바라지에 늘 시간이 없으셨다. 내 화장품 사기도 벅차서 엄마 화장품 살 엄두가 나지 않았던 그 시절을 좀 줄이고, 진작 엄마에게 예쁘고 좋은 립스틱을 사드렸다면……. 그렇게 가슴이 아파온다.

권미강 시인의 시 「구찌베니」를 보면 억척스럽게 일하면서 번 돈으로 자식들에게 푸짐한 저녁상을 차려주는 어머니가 나온다. 아무리 힘들고 아파도 장날에 물건을 팔러 나가던 엄마의 빨간 구찌베니가 추억의 이미지로 강렬하게 남았을 것이다. 고단함만큼이나 '엄마'라는 존재의 숭고함을 떠올려본다.

그저 자식들은 자아를 찾아가기에 바빠 엄마의 꿈이나 삶에 대해 미처 생각하지 못하고 만다. 나 또한 돈 벌고 살림하는 엄마로만 알고 살았지, 엄마가 얼마나 예쁜 여자였는지를 생각하지 못하고 살았다. 집을 나와 혼자 살면서, 딸을 낳고 키우면서 엄마의 빈자리와 고마움을 뼈저리게 느끼곤 했다. 30대 중후반 시절, 최소 생계비로 목숨을 연명하고 치열하게 청춘을 바쳐 시를 쓰던 내 삶은 시집 『세기

말 블루스』로 바뀌었고, 동 세대 젊은 친구들에게 공감을 받으면서 베스트셀러가 되었다. 그렇게 내 이름 석 자가 대중에게 알려지고 일거리도 이어져 식구들에게 좀 더 관심을 기울일 여력이 생겼다.

하지만 그 여력도 잠시였다. 뭐든 잠시가 아닐까. 결혼과 이혼, 이혼 후 소송으로 바뀌고 묻혀가던 내 삶, 파노라마처럼 펼쳐지는 생활. 함께 살 때는 미처 몰랐던 엄마의 여백이 잉크 번지듯 나의 일상 곳곳으로 파고들었다.

엄마의 삶을 돌아보지 못했다는 자책감도 잠시일 뿐,
또 기계처럼 돌아가는 일에 파묻히면
나 자신마저 편지 봉투처럼 얇아져갔다.

자식을 키우니 엄마를 더 생각하고 더 이해하게 된다.

'엄마,
보고 싶다.'

엄마에 대한 그리움과 아픔이라는 잉크가
내 몸을 파랗게 물들여간다.

엄마 잔소리 들을 수 있다면

어머니의 악기

박현수

늙으면 악기가 되지
어머니는 타악기가 되어
움직일 때마다 캐스터네츠 소리를 내지
아버지가 한때 함부로 두드렸지
잠시 쉴 때마다
자식들이 신나게 두드렸지
황토 흙바람 속에서도 두드렸지
석탄먼지 속에서도
쿨럭, 거리며 두드렸지
뼈마디마다
두드득, 캐스터네츠는 낡아갔지
이제 스스로
연주하는 악기가 되어
안방에서 찔끔,
베란다에서 찔끔, 박자를 흘리고 다니지

어머니란 존재는 무엇일까. 우리나라에서 어머니란 존재는 이름 없는 사람들이 아니던가. 이렇게 이야기하고 나니 가슴이 아파온다. 어머니는 이미 공기와 같은 존재, 너무 편안해서 하늘처럼 나무처럼 흐르는 강물처럼, 우리 모든 삶의 배경처럼 당연히 있는 것이 되어버렸다.

엄마에 대해 나는 얼마나 알고 있을까?
세월이 갈수록 엄마에 대한 애정이 더 돈독해졌지만,
어린 시절에는 엄마에 대해 생각해본 적이 별로 없었다.
그저 나 살기에만 급급했던 시간들이
얼마나 부끄러운지, 통탄하고 싶을 정도다.

박현수 시인의 시 「어머니의 악기」는 제목부터 가슴을 친다. 누구나 늙으면 악기가 된다. 특히 엄마가 늙어 타악기가 된다는 말이 가슴 깊이 와 닿았다.

엄마가 연주하는
아프고도 아름다운 노래 자락은
문득 잠이 들 때
내 머리맡에서 울려 퍼진다.

아니, 길을 걷다가도 꽃향기가 나면 엄마라는 악기가 노래를 흘린다. 초저녁 무렵, 달이 구름을 두르고 흐를 때 돌아가신 엄마가 노래를 불러주는 듯하다. 엄마의 노래는 작지만 얼마나 위대한지, 생각할 때마다 가슴이 울컥한다.

아이를 낳고 키우면서 이런 그리움을 더 깊이 느낀다. 어떻게 가게를 운영하면서 우리 4남매를 키우고 전부 대학까지 보냈을까, 경이로울 정도다. 엄마의 노래는 그래서 늘 푸르다. 젊은 시절 엄마가 대준 전세금 1000만 원으로 겨우겨우 하늘과 가까운 옥탑 방에 초라한 보금자리를 틀었다. 그렇게 나는 최소한의 생계비를 벌면서 시를 썼다. 정말 대

책 없는 청춘이었다. 3년간의 직장 생활을 접고 백수가 되었을 때에도 엄마는 서른 살의 딸에게 생활비 일부를 대주셨다. 옥탑 방에서 청춘을 소비하는 시인 지망생에겐 도무지 어울리지 않을 법한 고급 재킷과 정장 몇 벌을 해마다 사주셨다. 딸이 어릴 때 함께 살던 전셋집의 절반도 엄마가 해주셨으니, 나는 서른 이후에도 자그마치 6년이나 엄마의 도움으로 목숨을 이어온 셈이었다.

그러니까 고백하자면,
나는 서른이 넘어서도
엄마의 등골을 빼먹은 딸이었다.

그래서 나는 엄마 앞에서는 언제나 고마움만큼이나 미안한 마음도 컸다. 어떻게든 엄마에게 진 빚을 갚고, 한 번쯤은 좋은 딸이 되기 위해 사생결단의 각오로 작업에 매달렸다. 제대로 독립할 수 있다는 것을 보여주고 싶었다. 그래서 작업에 더더욱 미쳐 지내며 첫 번째 시집과 두 번째 시집을 펴냈다.

다행히 두 번째 시집 『세기말 블루스』가 베스트셀러에 오르며 대중적인 성공을 거두었고, 홀로 자립해 지금껏 딸을 키우며 살 수 있게 되었다. 자립을 이루면 반드시 엄마가 대주신 돈을 갚겠다고 말씀드렸다. 하지만 그때마다 엄마는 고개를 내저으셨다.

"그걸 내가 어떻게 받겠니.
네 아버지 선거자금 마련하느라
더 못 도와줘서 미안하구나.
너나 잘 살아라."

이런 엄마의 말을 듣고,
고맙다 못해 마음이 숙연해져 고개를 떨궜다.

언젠가 엄마가 백내장 수술로 병원에 열흘간 입원해 계셨을 때, 남매들 중 내가 병상을 지킨 적이 있었다. 그때 간호사가 엄마를 향해 참 곱고 미인이시라는 칭찬을 하기에, 그제야 나는 우리 엄마가 예쁜 여자였다는 사실을 깨달았다. 그만큼 엄마란 존재를 잊고 살아왔구나, 하는 자책감이 들었다. 함께 살다 보니 어머니의 가치나 아름다움, 고귀함을 미처 생각하지 못했다. 그때 어머니의 병상을 지키며 지은 시가 「어머니가 나를 안아주셨다」이다.

청청한 강물에 나를 비추어도 얼굴이 보이지 않아
강속으로 들어갔다 검게 이끼 낀 내 얼굴 찾아 헤매다
강바닥에 쓰러진 어머니를 보았다
수십 년
노을 같은 밥을 짓느라 눈앞이 캄캄해진 어머니
백내장 수술로도 세상이 보이지 않아
강바닥을 방바닥으로 알고 오신 어머니
쓰러진 어머니가 나를 안아주셨다
딸아, 네 얼굴이 쓸쓸해서 빵처럼 덥혀놓았단다
딸아, 네 얼굴이 이제 햇빛 날리는 은쟁반이구나
- 뜨거운 어머니 가슴이 제 얼굴이에요

엄마에 대한 나의 애정은 이렇게 시라도 써서 엄마의 고마움을 되새기는 것뿐이었다. 엄마가 연주하는 아프고도 아름다운 노래는 하늘에서 울려 나온다. 또 강바닥 깊은 곳에서도 메아리쳐온다. 매일 아침에 이제 그만 일어나렴, 하고 머리맡에서 울린다. 밥을 먹을 때 밥그릇 속에서 엄마라는 악기는 노래를 흘린다.

엄마는 없어도
내 곁에 존재한다.
엄마의 노래는 얼마나 위대하던가.

언젠가는 모두 헤어진다는 사실이

미인

김영산

그가 죽자, 그의 어머니는 미인이었다. 그녀는 언제나 젊었다. 그의 어머니는 식당일을 하며 아들 삼형제를 홀로 키웠다. 장남인 그가 죽자 고향에서 화장을 시켰다. 우린 대학시절을 함께 보냈다. 그는 졸업을 못하고 죽은 것이다. 그때 화장터를 처음 간 나는 불아궁이 앞에서 꺽꺽 울었다. 왜 그랬는지 화장장 굴뚝 연기를 바라보며 울음을 그쳤다. 갑자기 주변의 나무들이 출렁거렸다. 그 회오리바람을 나만 보았을까. 그 칠 년을 병상에 누웠다 죽어서인지 청년들은 조용했다. 어머니는 울지 않는 차가운 석상 같았다. 나는 상복 입은 여자를 좋아하는가 보다. 나는 미인을 껴안고 울었다. 그가 죽었을 때 그녀는 인근에서 소문이 자자한 미인이었다.

1월에 엄마가 하늘나라로 가신 즈음, 나는 참으로 큰 상실감에 시달렸다. 엄마를 잃고난 이후 한없이 화나고 헤매던 마음을 주체할 수 없어, 정신이 아득해지도록 감정이 폭발하기도 했다. 세상에서 가장 소중했던 애정이 그렇게 깨져버리고 말았다. 눈에 비치는 풍경마다 눈물이 어려 제대로 바라보기 힘들 때도 얼마나 많았는지……. 상실감에 시달리던 내 마음을 친구는 충분히 이해해주며, 이런 말로 나를 감싸주었다.

"난 시아버지 돌아가셨을 때도 3개월이 넘도록 기분이 이상하고 세상 밖으로 나가고 싶지 않았는데. 넌 지금 얼마나 힘들겠니?"

일이 손에 잡히지 않는 상황을 이해해주고 격려해주던

친구들. 그런 자매들과의 긴밀한 소통이 없었더라면 나는 가슴이 새카맣게 타서 산화되고 말았을 것이다.

엄마가 의식 불명으로 쓰러져 돌아가실 때까지, 나는 병원 침대 옆에서 번역한 원고를 다듬고 있었다. 앨리스 카이퍼즈의 소설 『포스트잇 라이프』였다. 지금 딸이 사춘기에 접어드니 더 깊이 와 닿는 소설이기도 하다.

산부인과 의사인 솔로맘과 열다섯 살 10대 소녀인 딸이 냉장고 문 위에 붙이는 메모를 통해 삶과 사랑, 그리고 죽음에 대해 주고받는 이야기. 소설이 참으로 그때 내 상황과 닮아 있었다. 그때 나의 엄마도 1년째 의식 불명인 상태에서 죽음과 사투를 벌이며, 최선의 삶을 희망한 상태였다. 우리 엄마 얘기 같아 비감 속에서 눈물을 줄줄 쏟으며 번역한 책이었다.

딸을 다 키워놓고 이제 좀 여유를 갖고 살겠구나 싶을 때, 클레어의 엄마는 유방암에 걸렸다. 엄마의 병이 심각한지도 모른 채 딸 클레어는 엄마에게 투덜대고, 급기야 남자친구 마이클과의 문제에서는 상처가 되는 말까지 한다. 보통의 자식들처럼 클레어도 엄마를 여자가 아닌 엄마로만 여기며 지낸다. 바쁜 엄마는 휴대폰도 없고, 딸 클레어와 대화할 시간도 없다. 기껏 소통할 수 있는 도구란 짧은 메모와 편지뿐이었다. 여기서 클레어 엄마의 이야기는 애달프고 가슴 저렸다. 그녀의 무력감과 슬픔은 바로 내 엄마의 것이었으므로.

“기운도 없고 몹시 두려워. 나의 삶은 무엇이었을까? 수많은 세월 동안 내 꿈을 살아야 했는데. 다 지나가버렸어. 시간들을 낭비하고 중요한 걸 놓친 것만 같구나. 그래도 그 무엇과도 바꿀 수 없는 내 딸, 네가 있구나.”

“나는 아프리카도 못 가봤고, 프루스트도 읽지 못했어. 피아노 연주도 할 줄 모르고, 악보도 볼 줄 몰라. 스카이다이빙도 해본 적이 없어. 사막도 본 적 없어.”

“그런데 피곤하구나. 정말 피곤해. 그리고 오늘은 몸이 아주 안 좋단다.”

구절구절 가슴이 찢어지도록 와 닿는 대목이었다. 인생을 어떻게 살아야 할지, 죽음을 마주하게 될 때 어떻게 해야 할지 참 많은 생각을 하게 만든 책이었다.

만일 우리 엄마가
시한부의 삶을 살고 있다면,
어떻게 작별 준비를 하겠는가?

'저를 잊어주세요'라고 말하며 커피 한잔을 사약처럼 마시듯 간단히 죽을 수는 없다. 사람이라면 누구나 평상시에 죽음을 준비할 수밖에 없는 것이다.

엄마와 충분히 대화를 나누고 죽음과 친구 되는 법을 익히면, 서로를 더욱 사랑하게 되고 삶은 풍요로워진다. 텔레비전이나 주변 사람들 이야기를 들어보면 남편을 잃고 실의에 빠진 나머지 정신을 놓거나 우울증에 빠져 허덕이고, 너무 상심해 병을 얻는 경우도 많다. 이것은 죽음 자체를 받아들이지 못하고 그 슬픔에 매어 있기 때문이다.

때가 되면 우리 모두 소멸한다는 사실을 받아들이지 못해 생긴 슬픔이다. 만약 이 사실을 받아들이고 편안해졌다면 이렇게까지 되지는 않았으리라.

오늘만 해도 전화 통화를 하던 후배에게 들려온 소리가 나를 각성시켰다.

"선배, 이모가 암에 걸려 입원하셨어요."

"몇 살이신데?"

"58세요."

"아, 우리 인생이 참 짧네."

이렇게 불쑥, 그 누구라도 시한부의 삶이 될 수 있다.

나부터 진작 죽음과 친구 되는 법을 익혔다면

엄마를 그렇게 빨리 보내드리진 않았으리라.

죽음 후에 우리가 다시 함께할 것이란

희망을 단단히 했다면

엄마가 슬픔에 덜 흐느꼈으리라.

죽음과 친구 되는 법을 익히면 삶을 좀 더 강하고, 편안하고, 성숙하게 만들 수 있다. 목회자인 내 여동생은 나에게 죽음을 자연스럽게 받아들이는 방법을 메일로 전해왔다.

"언니, 죽음을 극단적으로 생각하지 말고, 정말 슬프고

끔찍한 일로 생각하지 말고, 또 다른 시작을 위한 준비로 여긴다면 그렇게 괴로운 게 아닐 거야. 후회 없는 생을 위해 가장 가까운 사람들과의 관계에서부터 덕을 품고 살아가야겠지. 이기심을 버리고, 선과 덕을 실천하고, 그리고 무엇보다 좋은 방법은 자신의 것을 포기하고 나누는 거야."

김영산 시인은 울산의 화장장에서 겪은 일을 바탕으로 「미인」이라는 시를 썼다. 자신의 대학교 후배가 교통사고로 세상을 뜬 것이었다. 시인의 말을 듣자면 이렇다.

"나는 울지 않는 어머니를 보며 너무 많이 울었다. 후배의 어머니는 죽음과 싸우고 있었다. 세월호 사건이 터진 후, 그 안간힘으로 버티는 어머니들을 보며 후배의 어머니와 오버랩 되었다. 그녀들이 미인이 아니고 누가 미인이랴. 죽음을 통과하지 않으면 미인이 아니기에."

죽음을 대하는 방식은 모두 다를 것이다. 엄마는 울지 않았지만, 가슴속에서 통곡했을 게 분명하다. 무너지지 않으려 울지 않는 엄마. 엄마의 죽음을 통해 내가 깨달은 가장 중요한 사실은, 인생이 죽음을 준비하는 과정이라는 것이다. 이때의 죽음은 비관주의나 허무주의가 아니다.

언젠가는 모두 헤어진다는 사실이

살을 에는 듯 아프지만,

죽음을 생각하면

우린 더 많이 사랑하며

살 수 있지 않을까.

함께 시를 읊던 밤

생일

비슬라바 쉼보르스카

온 세상이 사방에서 한꺼번에 부스럭대고 있어요.
해바라기, 배따라기, 호루라기, 지푸라기,
찌르레기, 해오라기, 가시고기, 실오라기,
이것들을 어떻게 가지런히 정렬시키고,
어디다 넣어둘까요?
배추, 고추, 상추, 부추, 후추, 대추,
어느 곳에 다 보관할까요?
개구리, 가오리, 메아리, 미나리,
휴우, 감사합니다. 너무 많아 죽을 지경이네요.
하늬바람, 산들바람, 돌개바람, 높새바람은
어디쯤 담아둘까요?
얼룩빼기 황소와 얼룩말은 어디로 데려갈까요?
이런 이산화물들은 값지고 진귀한 법.
아, 게다가 다시마와 고구마도 있군요!
이것들은 모두 밤하늘의 별처럼
그 값이 어마어마하겠지요.

감사합니다.
하지만 과연 내가 이걸 받을 자격이 있는지는
솔직히 잘 모르겠네요.
이 모든 노력과 수고가 나 한 사람을
위한 것이라니 과분하기 그지없네요.
이것들을 다 만끽하기엔
인생은 너무도 짧은 걸요.
나는 여기에 그저 잠시 머물다 갈 뿐입니다.
아주 짧은 찰나의 시간 동안
멀리 있는 것은 미처 보지 못하고,
가까이 있는 것은 혼동하기 일쑤랍니다.
이 촉박한 여행길에서 나는 사물이 가진
허무의 본질을 제대로 파악하기도 전에
그만 길가의 조그만 팬지꽃들을 깜빡 잊고,
놓쳐버리고 말았습니다.
이 사소한 실수가 얼마나 엄청난 것인지
그때는 미처 생각지 못했답니다.
아, 이 작은 생명체가 줄기와 잎사귀와
꽃잎을 피우기 위해
얼마나 많은 노력을 기울여야만 했을까요.

나는 내 딸을 책 많이 보는 사람으로 키우는 게 꿈이다. 그래서 어렸을 때부터 무릎에 앉혀두고 이솝우화며 동화책을 많이 읽어주려고 애썼다. 인생을 좀 더 지혜롭게 헤쳐나가기 위해 독서가 중요하다고 생각했기 때문이다.

좋은 책에 빠져 있을 때만큼 인생에서 만족감을 얻는 순간도 드물다. 딸이 다섯 살 때까지는 잠들기 전에 꼭 두세 권씩 책을 읽어주었다. 그 이후부터는 밥벌이와 살림할 시간도 부족해 많이 읽어주지 못했지만, 다행히 딸은 책을 좋아하는 청소년으로 자라주었다.

폭우가 쏟아지던 어느 날, 아이를 데리러 학교에 갔다. 딸은 도서관에서 책을 보고 있었다. 나는 기뻐서 딸의 어깨를 두드리며 외쳤다.

"아니, 네가 정녕 내 딸이란 말이냐? 너무 멋지다."

딸은 흐뭇해하며 내 팔을 껴안았다.
딸의 손을 꼭 잡고 집으로 돌아오던 길,
쏟아지는 폭우에 몸이 젖는 기분조차 즐거웠다.

문득 엄마와 함께 책방에 들어갔던 풍경이 눈앞에 어른거렸다. 아무리 세월이 가도 아련히 그리워지는 풍경.

엄마도 나와 같은 마음이셨을까? 내가 책을 가까이하고 지혜롭게 살기를 희망하셨을까? 엄마는 분명 책 읽기의 소중함을 알고 계셨다. 엄마와 손을 잡고 책방에 들어갔던 여고 1학년 때의 기억. 그때 엄마가 사준 시집 한 권이 기억 속에 강렬하게 남아 있다.

'세계시인선집.' 하얀 종이 위에, 하늘하늘하게 흔들리는 코스모스 같은 글씨로 쓰인 시들. 소설처럼 긴 글은 부담스러워 읽히지 않았던 수험생 시절, 짧은 시만큼은 마음 편히 읽을 수 있었다. 그렇게 엄마가 사준 세계시인선집을 김 한 장 두 장 씹어 먹듯 한 편 두 편 읽어 내려갔다. 한 편을 읽고 '아, 좋다'라는 느낌이 남아 다시 보고 싶을 때면, 아무

페이지나 펼쳐 읽어보곤 했다.

남동생과 김수영 시인의 시를 함께 읊던 기억도 난다. 나와 시를 배우러 다닐 만큼 예술적 기질로 가득한 남동생은 병원의 원장이 되어 바쁜 시간을 보내고 있다. 그런 동생이 중학생 시절에 시를 써서 내게 보여주곤 했다. 아름다운 추억들이 이토록 생생한데 딱 한 장면으로 압축되다니, 시를 쓸 수도 없이 바쁜 남동생의 상황만큼 안타깝다. 그리고 엄마에게 나의 시를 읊어드린 어느 봄날도 잊을 수 없다. 젊은 날 시를 쓰셨다는 아버지 이야기도 시인이 되고서야 알았다. 이 정도로 자식들은 부모님을 잘 모른다.

어쨌든 시와 아무 상관없이 사는 듯한 우리 가족이 시와 이어진 역사를 보면 참으로 애틋하고 따스하다. 그래서 내 딸 서윤이도 시를 사랑하고, 늘 시를 읊고 가까이하는 삶을 살길 바란다.

시라는 건,
그리고 책이라는 건
소소한 일상 속에서
아주 귀한 향기를 내뿜는다.

집중해 꼼꼼히 음미한 책 한 권의 향기는 인생을 제대로 살고 있다는 기쁨을 준다. 스스로 영혼을 지닌 사람이며, 향기롭게 살아 있음을 느낀다. 어쩌면 엄마는 그러한 사실을 일러주려고 그날 나를 책방으로 데려가셨나 보다.

"너희들이 읽고 싶은 책을 골라보렴."

그때의 엄마 목소리가 내 가슴속에서 울려 퍼진다. 엄마가 사준 세계시인선집 덕분에 시의 향기, 그리고 책 냄새와 친해지게 되었다. 그리고 그날의 경험이 오늘날 나를 시인으로 만들어주었다고 느낀다. 이제까지 나는 딸을 위해서는 많은 책을 읽어주었지만, 정작 엄마를 위해서는 책을 읽어드린 적이 없는 것 같다. 몇 편의 내 시를 읽어드린 게 전부다.

내가 다녔던 한 성당에는 눈이 침침해 성서를 읽지 못하는 어르신들을 위해 성서를 읽어드리는 모임이 있었다. 우연히 일일 자원봉사자였던 교우를 따라갔다. 가만가만 봉사자의 목소리에 귀 기울이며 성서 이야기를 경청하는 어르신의 눈동자에 빛과 기쁨이 서린 걸 나는 분명히 보았다.

우리 시대의 진정한 거장이자 노벨문학상 수상 시인 비슬라바 쉼보르스카의 시구처럼, 우리의 인생은 모든 걸 다 누리기엔 너무나 짧다. 상상 이상으로 짧다. 우리는 그저 잠시 머물다 갈 뿐이다. '멀리 있는 것은 미처 보지 못하고, 가까이 있는 것은 혼동하기 일쑤랍니다'라는 대목에 밑줄을 그어본다. 우리가 제대로 보고 가는 건 얼마나 될까? 이런 구절을 자신의 엄마에게, 딸에게 읊어주면 어떨까? 그때만큼은 인생을 깊이 생각하며, 서로의 정이 더 도타워지는 시간이 될 것이다.

좋은 책의 글귀를 보는 일은 인생에서 굉장한 카타르시스를 준다. 엄마와 함께 책을 읽는 일은 삶의 지혜와 철학을 만나게 해줄 것이다. 뿐만 아니라 서로의 영혼을 느끼고 영혼이 풍요로워짐을 깨달으리라. 참으로 멋진 일이다. 지금 당장 엄마가 좋아하실 글이나 시를 전해보기를. 그러면 그 순간 추억이 만들어진다는 것.

좋은 일은 자꾸 저지르고,
추억은 만들어가야 한다.
따끈따끈한 하얀 호빵처럼 맛있는 추억을…….

단순한 배려에 대한 생각

엔진

이근화

살아남기 위해
우리는 피를 흘리고
귀여워지려고 해
최대한 귀엽고
무능력해지려고 해

인도와 차도를 구분하지 않고
달려보려고 해
연통처럼 굴뚝처럼
늘어나는 감정을 위해

살아남기 위해
최대한 울어보려고 해
우리는 젖은 얼굴을
찰싹 때리며
강해지려고 해

엄마로서 내가 딸에게 가장 바라는 게 있다면 무엇일까? 아무리 생각해봐도 이거다.

자기 일 꾸준히 잘하고
간단한 살림이라도 돕는 것.

살림을 돕는다는 건 대단한 걸 말하는 게 아니다. 작은 배려의 문제다. 쓰레기를 내놓을 때 봉투 하나라도 들어주며 오가는 수고로움을 덜어주는 것, 자기 방 정리 정돈 잘하는 것, 밥 먹고 자신이 먹은 밥그릇만큼은 설거지통에 넣어주는 것, 양말 한 짝이라도 뒤집어놓지 않고 세탁조에 넣어두는 것. 이런 아주 단순한 배려를 원하는 것이다.

그리고 나 역시 엄마에게 이런 단순한 배려를 잘해드리

지 못해 가슴이 아프다. 어제 일을 떠올리며, 나는 더 엄마에게 미안해졌다.

밸런타인데이를 맞아 딸은 외할아버지 댁에서 자기 남자친구에게 줄 초콜릿을 직접 만들겠다고 야단법석이었다. 재료값을 꿔달라고 해서 주었으나, 받을 생각은 하지도 않았다. 초콜릿을 새카맣게 태워 거실과 방이 온통 초콜릿 타는 냄새로 가득했다. 냄새를 빼느라 한 시간은 창문을 열고 추위를 견뎠다. 딸은 실패한 것을 만회하겠다며 또 돈을 받아갔다.

그때 나는 방에서 작업을 하던 중이었다. 그러다 주방에 나가보니 딸애가 또 실패해 묽어진 초콜릿을 여기저기 엎지른 것이 보였다. 초콜릿은 식탁을 중심으로 잔뜩 튀어서 족히 한 시간은 닦고 치워야 정리가 될 정도였다.

'그래, 실패도 공부니까
네가 다 닦고 정리하렴.'

처음에는 기가 막혀 화도 나지 않았다. 하지만 등 뒤에서 느껴지는 서툰 움직임, '탁탁' 깨질 듯 부딪히는 그릇 소리, 불안스레 떨어지는 물소리까지 자꾸만 신경 쓰여 작업이 손에 잡히지 않았다. 10분 후 다시 방문을 열어보니 식탁 위는 여전히 초콜릿 자국으로 엉망이었다. 싱크대에는 온갖 그릇들이 꺼내져 있었고 바닥은 끈적거렸다.

"초콜릿 만들어서 주면 친구가 네 정성을 얼마나 알아준다고. 네 나이 땐 그냥 사서 정성껏 포장하고 예쁜 말로 엽서 써주면 돼. 그 시간에 네 방이나 정리하고 책이나 읽지. 도대체 엄마를 도와주는 게 뭐 있어!"

걸레로 바닥을 닦으면서도 속이 부글부글 끓었다. 그 당시에 딸은 휴대폰도 여러 대 잃어버렸다. 몇 번을 잃어버리고 찾았는지 모른다. 방학 내내 일기도 잘 안 쓰고 책도 안 읽고 텔레비전만 보는 딸을 보며, 꾹 참아왔던 화가 터지기 시작했다. 영화 속에서나 볼 수 있는 연두색 레이저 같은 광채가 내 눈과 입에서 뿜어져 나왔다. 나는 또다시 한마디를 보탰다.

"이 뒤치다꺼리할 시간에 엄마 작업해야 하는데.
그러다 엄마가 마감 못 지키면 우리 굶어 죽어.
집 다 까먹고 산속에 들어가 살고 싶니?"

소리를 질러놓고 뜨끔했다. 이렇게 독한 말로 애를 길들이려 하다니, 스스로 답답하고 하염없이 서글퍼졌다. 하지만 싱크대 가득 어질러진 재료들을 보니 딸이 괘씸해 견딜 수가 없었다.

"네가 어질러놓은 건
어떡해서든 네가 책임지고 치워.
엄마가 이 집 식모냐?"

이런 말을 하면서 끈적끈적해진 바닥을 지우느라 몇 번씩 걸레질을 해댔다. 내 눈에서 눈물이 터져 나왔다. 딸은 어쩔 줄 몰라 하며 미치도록 청소를 했다. 딸이 작은 손으로 청소하는 모습을 보니, 갑자기 죄의식이 들었다. 아무리 화가 나도 해서는 안 될 말을 하고 말았다. 자식에게 굶어 죽는다는 소리를 하다니, 그 말에 담긴 책임과 부담을 알면서도 참지 못했다.

나는 왜 자애로운 엄마, 실수도 다 감싸고 껴안아주는 엄마가 되지 못할까. 왜 딸아이에게 그토록 독한 말을 퍼부었을까. 자책감과 슬픔으로 목이 메었다. 점점 괴물 엄마가 되어가는 내 모습에 울화병이 생길 지경이었다.

그러면서 중·고등학교 다닐 때까지 엄마 살림 하나 제대로 도와드린 적 없는 나의 지난날이 한스러워 다시 울음을 터뜨렸다. 이렇게 아이 하나 키우면서 돈 벌고 살림하기도 힘든데, 우리 엄마는 얼마나 힘드셨을까……. 새삼 다시 깨닫는 눈물이었다.

후회는 언제나 늦다.
아이를 낳고 엄마를 절실히 이해했는데도
엄마를 많이 보살펴드리지 못했다.
아이를 봐주셨던 10여 년 동안
한 달에 한 번 청소 도우미라도
보내드리고 싶었는데,
그럴 여력이 없었던 내 자신에게
무력감만 느껴졌다.

그러나 어쨌든 현실을 받아들이고 또 살아가야 하지 않겠는가. 현대인들의 사소한 일상을 깊고 넓게 파헤쳐가는 필력, 그리고 그 속에 느긋하고 경쾌함이 매력적으로 느껴지는 이근화 시인의 시 「엔진」. 그의 시구처럼 우리는 '살아남기 위해 최대한 울어보려고' 애쓰는지 모르겠다. 배려라는 엔진은 미처 생각지 못하고 녹이 슬거나 잊히는 일이 허다하다. 사람과 사람, 가족과 가족 간에 쉽게 놓쳐지는 것이 배려다. 모두 스스로에게 몰두하기 때문이리라. 조금만 서로를 배려한다면 매일이 사랑의 향기로 가득 찰 것이다.

엄마가 딸에게 원하는 것은 자신의 방만이라도 정리 정돈 잘하고, 때때로 심부름해주고, 신발 정리해주는 등 오고 가며 간단한 일만이라도 돕는 것이다. 이거라도 도와주면 엄마는 굉장한 힘을 얻는다. 이런 단순한 일들을 맡아주는 것이 엄마에게는 천군만마를 얻은 것과 다를 바 없다.

이런 내 마음을 알았는지
딸이 곁으로 다가와 어깨를 주물러줬다.
그날, 딸의 손이 닿는 곳마다 따끈따끈해졌다.

시장은
엄마의 꿈과 소망이
보이는 곳

나비

김사인

오는 나비이네
그 등에 무엇일까
몰라 빈 집 마당켠
기운 한낮의 외로운 그늘 한 뼘일까
아기만 혼자 남아
먹다 흘린 밥알과 김칫국물
비어져 나오는 울음일까
나오다 턱에 앞자락에 더께지는
땟국물 같은 울음일까
돌보는 이 없는 대낮을 지고 눈 시린 적막 하나 지고
가는데, 대체
어디까지나 가나 나비

그 앞에 고요히
무릎 꿇고 싶은 날들 있었다

아침을 먹으려는데 유난히 입맛이 없었다. 냉장고를 열어보니 때마침 찬도 똑 떨어졌다. 딸과 함께 장을 보려고 마트에 가는데, 마을버스 안에서 딸이 손가락으로 내 팔을 살며시 누르며 말하는 것이었다.

"엄마, 내가 왜 세뱃돈 열심히 모으는 줄 알아?"

"왜?"

"백만 원 모아서 엄마 주려고."

순간 울컥해졌다. 이번 설에 딸은 친척들에게 받은 세뱃돈을 자기 지갑 속에 꼭꼭 챙겨 넣었더랬다. 그 돈으로 자기 옷 사겠다는 것도 아니고 엄마에게 준다니. 혼자 아이를 키우며 최고로 감동한 순간이었다. 그때 딸이 얼마나 힘이 되었는지, 말로 다 표현할 수 없다.

차가운 구들에 불을 지핀 것처럼 따스한 기운이 내 몸을 덥혀왔다. 잔잔한 감동과 보람을 느꼈다. 그리고 조금 부끄러워졌다. 내가 그동안 딸에게 자린고비 정신을 너무 심어준 건 아닐까. '아름다운 가게'에서 대박 친 옷들을 너무 많이 사 입혔나, 반성하면서 딸에게 예쁜 옷을 사주고 싶다는 마음이 들었다.

그러나 다 커버린 딸은 이제 내가 사다주는 옷을 입지 않는다. 그렇게 많이 입혔던 분홍빛 옷들은 절대 안 입는다. 매번 마트에 같이 가던 딸은 독립적인 청소년으로 자랐다. 나와는 취향이 전혀 다른 딸이 되어버렸다. 이 사실이 슬프기도 했지만 지금은 그러려니 한다. 그러다가 혼자 마트에 갈 때면 우리를 데리고 장을 보러 다녔던 엄마 모습이 어른거린다. 김사인 시인의 시 「나비」를 읽으며, 요즘 애들 유행어인 '인정'이라는 말을 늘어뜨리고 싶은 구절도 적어본다.

그 앞에 고요히
무릎 꿇고 싶은 날들 있었다.

나비가 날아다니는 모습은 말로 다하기 힘든 신비감을 느끼게 한다. 적막하지만 신비스러운 우리의 삶 앞에 고요히 무릎 꿇고 싶다는 것은 무슨 뜻일까. 외롭고 슬플지언정, 신성하고 아름다운 인생 앞에 경건히 감사하고 싶다는 뜻 아닐까.

이 시대에 사람이 되찾아야 할 감사함과 경건함을 시인은 작은 나비를 통해 발견한다. 이 시는 짧지만 깊은 울림을 간직하고 있다.

오후 서너 시쯤의 적막하고 슬픈 마당 한 귀퉁이의 풍경, 여기에서 나는 누구나 갖고 사는 고향의 이미지를 떠올린다. 고향은 힘들고 그리울 때마다 돌아가고 싶은 사랑인지라 무엇이든 품고 만다. 고향은 엄마와의 추억을 고스란히 품고 있기 때문에.

엄마와의 추억이 가득한 곳,
내 고향 의왕.

그곳은 섬처럼 떠 있었다. 큰 시장도 없었고 마땅히 놀 곳도 없었다. 어릴 땐 기차 몇 대 안 다니던, 그야말로 '깡촌'이었다. 그래서 엄마를 따라 고향과 가까운 대도시 수원에 기차 타고 나가는 게 참 신났다. 하루에 대여섯 대밖에 안 다니는 기차를 타고 엄마 손을 잡은 채 놀러 나갔다. 지금도 엄마와 수원 남문시장(지금의 영동시장)을 하루 종일 누비던 기억이 사랑스럽게 남아 있다. 같이 가면 옷 하나, 학용품 하나라도 사주셔서 나는 엄마가 장을 보러 가면 따라다닐 생각에 신이 났다.

며칠 굶주린 애처럼 늘 배가 고팠는데도 나는 밥을 잘 먹지 않아서 비쩍 말라 있었다. 하지만 수원 남문 길가에 앉아 엄마와 함께 먹던 순대, 떡볶이, 번데기는 얼마나 맛있던지. 배부르게 먹었던 그때 기억만큼은 파릇파릇하다.

다니던 코스는 늘 정해져 있었다. 도매가게로 물건을 떼러 간 김에 장도 보고, 단골로 자장면을 먹으러 갔던 '강서면옥'도 떠오른다. 때때로 좋은 영화를 보면서 군고구마와 오징어를 부스럭거리며 먹던 기억도 애틋하다. 남문시장을 누비며 옷도 구경하고, 이것저것 먹을거리를 사며 다니던 일이 슬라이드 필름 돌아가듯 가슴속에서 흘러간다. 장을 보면서 늘 신기했던 건 어떤 물건이 신선한지 아닌지를 한눈에 알아보는 엄마의 눈맵시였다.

"이거 팔팔한데."

"엄마, 그런 건 뭘 보고 알아?"

아가미 속도 들추고 지느러미도 짚어가며 흡사 전문가답게 이야기하는 엄마가 신기했다. 과일가게 아주머니가 슬쩍 무른 과일을 담을라치면 "에이, 옆에 사과가 더 좋은데 왜 그걸 담아요"라고 말하던 엄마. 하지만 그러면서도 통이 크고 인정이 많아서 때로는 그냥 내버려두시기도 했다. 알면서 속아주는 일도 허다했다.

엄마에게 시장이란
내 가족에게 가장 좋은 걸 입히고 먹이고 싶은 욕망,
바로 사랑이 투영되는 신성한 공간이다.

지금 다시 엄마 손을 잡고 강서면옥에 들러
자장면 곱빼기를 시켜 먹을 수만 있다면…….

모든 것이 그때뿐인 것을

그때도 알았더라면,

좀 더 그 순간이 간절하고

손길 닿는 것마다 정성이 가득하지 않았을까.

우리 엄마 숨통 트이는 날

나와 나타샤와 흰 당나귀

백석

가난한 내가
아름다운 나타샤를 사랑해서
오늘밤은 푹푹 눈이 나린다

나타샤를 사랑은 하고
눈은 푹푹 날리고
나는 혼자 쓸쓸히 앉어 소주를 마신다
소주를 마시며 생각한다
나타샤와 나는
눈이 푹푹 쌓이는 밤 흰 당나귀 타고
산골로 가자 출출이 우는 깊은 산골로 가 마가리
에 살자

눈은 푹푹 나리고
나는 나타샤를 생각하고
나타샤가 아니 올 리 없다
언제 벌써 내 속에 고조곤히 와 이야기한다
산골로 가는 것은 세상한테 지는 것이 아니다
세상 같은 건 더러워 버리는 것이다

눈은 푹푹 나리고
아름다운 나타샤는 나를 사랑하고
어데서 흰 당나귀도 오늘 밤이 좋아서 응앙응앙
울을 것이다

언젠가 명동에서 평창 올림픽 개막식을 빛냈던 힙합댄스 그룹 '저스트 절크'와 꼭 닮은 댄스 퍼포먼스를 본 적이 있다. 주변 공기가 뜨겁고 달콤하여 발이 쉽게 떼어지지 않을 만큼 즐거웠다. 무엇보다도 그들이 입은 전통 무예복이 몹시 마음에 들었다. 그 파워풀한 에너지가 무척이나 강렬해 잊히지 않는다.

나는 내 딸이 저렇게 멋지게 춤추는 직업을 가질 순 없더라도, 흥에 젖어 기쁜 삶을 산다면 참 좋겠다고 생각했다. 또 딸이 한국 전통문화에 대한 애정과 관심을 가진 청소년이기를 바란다. 모국어를 사랑하고, 우리 문화를 아끼고 이어가는 딸이기를 바란다. 그리고 매일 똑같은 삶 속에서 가슴이 탁 트이도록 흥에 젖어 살기를 원한다. 딸이 어릴 때 힙합이 국악에 녹아드는 영상을 보고 환호성을 질렀던 모습이 기억난다. 딸이 한국인으로 태어난 것에 기뻐하고 자랑스러워한다면 더는 바랄 게 없다.

이런 생각을 갖고 살던 나는, 어느 날 일제 강점기 시절 근대화의 물결 속에서 우리 전통을 잇는 데 일생을 바친 인간문화재 한 분을 취재하게 되었다. 거칠거칠하면서 미끈미끈 빛나는 탈의 감촉, 그 고동빛 색감이 한없이 구수하고 미묘했다. 신비한 정감을 자아내는 탈을 쓰고 한바탕 판을 벌이는 송파산대놀이와 답교놀이 장인인 한유성 선생에 대한 자료를 찾으면서, 그분의 아내는 어찌 사셨을까 궁금해졌다.

시인이신 그의 따님을 만나 아버지 곁에서 묵묵히 사신 어머니 인생을 들을 수 있었다. 시집을 오자마자 평생 똑같은 일을 하셨고, 아버지와 탈을 만들고 산대놀이 옷을 재봉하셨다는 말을 해주었다. 무려 서른두 가지 종류의 탈과 옷을 만들며 사셨단다. 사람이 살아가는 일은 매일 똑같은 일들을 반복하는 것, 나는 어머니의 삶에 다시 귀 기울였다.

"아버지와 함께 동행하는 날이 숨통 트이는 날이셨고 인생의 즐거움이셨죠. 아버지는 엄마가 한복을 입고 가는 걸 좋아하셨고, 늘 양장보단 한복만 입길 바라셨어요."

눈앞에 예쁜 그림이 그려졌다.
숨통이 트이는 날, 이라는 말에 마음이 꽂혔다.
나는 나의 엄마를 떠올렸다.

곧 어버이날이 다가오는지라 엄마가 더 그리워졌다. 그리고 평생을 존재감 없이 살다간 수많은 여자의 일생을 생각했다. 민주화 투사로, 정치인으로 사셨던 아버지 뒷바라지와 자식에게 평생을 바치고 떠난 나의 엄마, 그리고 세상 모든 엄마들에게 깊은 연민과 숭고함을 느꼈다.

이런 마음을 왜 이렇게 늦게야 깨달았을까. 한 선생님의 따님도 시인으로 살면서 철이 들고 나서야 아버지와 엄마의 삶이 보였다고 했다. 좀 더 일찍 부모님의 인생을 알려고 했더라면, 몹시 아쉬워하셨다.

다 비슷한 것 같다.
나도 엄마가 살아계실 때
"엄마 꿈은 뭐야?"라고 묻지 않은 것이
평생 후회된다.

그리고 엄마의 고향 평안도 사투리를 고스란히 살려 쓰던 백석의 시를 읊어드리지 못한 것이 후회된다. 이산의 슬픔을 평생 안고 살던 엄마가 백석의 시를 통해 평안북도 선천 고향을 만날 수 있었을 텐데. 그리고 또 하나의 후회는 날을 잡아 엄마의 일생을 세세히 기록해두지 못했다는 것이다. 결국 나는 엄마의 삶을 다 모른다. 엄마의 외가 식구들도 본 적이 없다.

그리고 우리 엄마의 숨통 트인 날은 어떤 날이었을까, 하고 기억을 더듬었다. 엄마의 슬픔과 아픔을 잊게 해준 날이리라. 그러고 보니 "엄마는 언제가 제일 행복해?"라고도 묻지 못했다. 어릴 때는 엄마한테 야단맞은 기억이 컸는데, 나이가 들수록 엄마 때문에 매일매일이 선물이었음을 깨닫는다. 이 사랑의 느낌을 전하고 싶어도, 이제 엄마의 기척은 어디에도 없다.

우리 엄마의 숨통 트인 날은 한 선생님의 아내처럼 집밖을 나서던 날이 아니었을까. 약사였던 우리 엄마는 도매상에 약을 떼러 가셨다가 영화 보는 날이 숨통 트인 날이었을 것이다. 햇살 따스한 날에 엄마와 걸었던 시장이며, 영화 보러 가서 번데기 먹던 기억이 아른아른 떠올랐고 눈시울이 뜨거워졌다.

엄마가
너무 그리워서.

엄마가 들려주던 외가 이야기, 눈이 펑펑 내리던 평북 선천 국수고개 아랫마을의 외갓집을 나의 상상 속에서 그려나갔다. 백석의 시를 떠올리면서.

남을 통해 나를 돌아보는 일은 언제나 가슴 먹먹하면서 따스하다. 돌아가신 엄마를 떠올리며 나는 늘 내 딸을 생각한다. 그렇게 인연의 끈은 이어지고 수많은 사연도 이어진다. 나는 딸에게 속삭였다.

딸아, 엄마는 네가 모국어를 사랑하고,

한국 전통문화에 대한 애정을 가진 청소년이길 바라.

그건 네 자신이 누구인지를 알아가는 일이란다.

그리고 매일매일 똑같은 삶 속에서

가슴 탁 트이게 흥에 젖어 살기를 기도한단다.

시 읽는 엄마

초판 1쇄 발행 2018년 5월 15일
초판 5쇄 발행 2019년 5월 27일

지은이 신현림
펴낸이 김선식

경영총괄 김은영
기획편집 임보윤 **디자인** 이주연 **책임마케터** 이유진, 박지수
콘텐츠개발1팀장 임보윤 **콘텐츠개발1팀** 이주연, 한다혜, 성기병
마케팅본부 이주화, 정명찬, 최혜령, 이고은, 이유진, 허윤선, 박태준, 김은지, 배시영, 기명리, 박지수
저작권팀 한승빈, 이시은
경영관리본부 허대우, 박상민, 윤이경, 김민아, 권송이, 김재경, 최완규, 손영은, 이우철, 이정현
외부스태프 **표지 및 본문 일러스트** 아리(instagram.com/ari.nunnunano)

펴낸곳 다산북스 **출판등록** 2005년 12월 23일 제313-2005-00277호
주소 경기도 파주시 회동길 357 3층
전화 02-702-1724 **팩스** 02-703-2219 **이메일** dasanbooks@dasanbooks.com
홈페이지 www.dasanbooks.com **블로그** blog.naver.com/dasan_books
종이 ㈜한솔피앤에스 **출력·인쇄** ㈜갑우문화사

ISBN 979-11-306-1704-6 (03810)

• 이 도서의 국립중앙도서관 출판시도서목록(CIP)은 서지정보유통지원시스템 홈페이지(http://seoji.nl.go.kr)와 국가자료공동목록시스템(http://www.nl.go.kr/kolisnet)에서 이용하실 수 있습니다. (CIP제어번호 : 2018013558)